鲸歌
我们拥有同样的音频和心跳

在特朗斯特罗默墓前

杨炼 / 著

四川人民出版社

图书在版编目（CIP）数据

在特朗斯特罗默墓前 / 杨炼著. —成都 ：四川人民出版社，2021.10

ISBN 978－7－220－12082－4

Ⅰ. ①在… Ⅱ. ①杨… Ⅲ. ①诗集－中国－当代 Ⅳ. ①I227

中国版本图书馆 CIP 数据核字（2021）第 178116 号

ZAI TELANGSI TELUOMO MUQIAN

在特朗斯特罗默墓前

杨　炼　著

策划组稿	张春晓
责任编辑	张春晓
封面设计	李其飞
内文设计	戴雨虹
责任印制	祝　健
责任营销	王其进　王　雪
出版发行	四川人民出版社（成都槐树街 2 号）
网　　址	http://www.scpph.com
E-mail	scrmcbs@sina.com
新浪微博	@四川人民出版社
微信公众号	四川人民出版社
发行部业务电话	（028）86259624　86259453
防盗版举报电话	（028）86259624
照　　排	四川胜翔数码印务设计有限公司
印　　刷	成都东江印务有限公司
成品尺寸	145mm×210mm
印　　张	6.5
字　　数	96 千
版　　次	2021 年 10 月第 1 版
印　　次	2021 年 10 月第 1 次印刷
书　　号	ISBN 978－7－220－12082－4
定　　价	68.00 元

目录

第一辑 短诗

第二辑 组诗

第一辑

短诗

作者在特翁墓前（李亚男摄影）

在特朗斯特罗默墓前

北方结冰的海也坐在这张石凳上
默默的对视　留下冷的琥珀
一条风雪路也追着船头压进冰层的
碎裂声　我听见弹奏的左手
更慢了　一笔一画的签名像条海岸
横在大气里　蜡烛和白玫瑰仿佛刚刚
游出漆黑的海水　我听见碑文在问
托马斯　诗的洁癖能带我们到哪里去？
你皱着眉头盯住我的样子
就像我眼里堆满了水平线　总有一个人
被留下　穿过你复数的海继续夜航
托马斯　三月的泥土软了　墓碑

像无风带的帆　伦玛尔岛上的沉默
正带我们到哪里去？莫妮卡读懂了
退潮深处一双亮晶晶的回眸
一张石凳前　石头小栈桥打着旗语
舒伯特的忧伤过滤掉整整一世纪的杂质
斟入雾的忧伤　河口的忧伤　白皑皑
伸向对岸　水移动　我们知道冰下
你也在移动　一个新的故事紧挤着压舱石

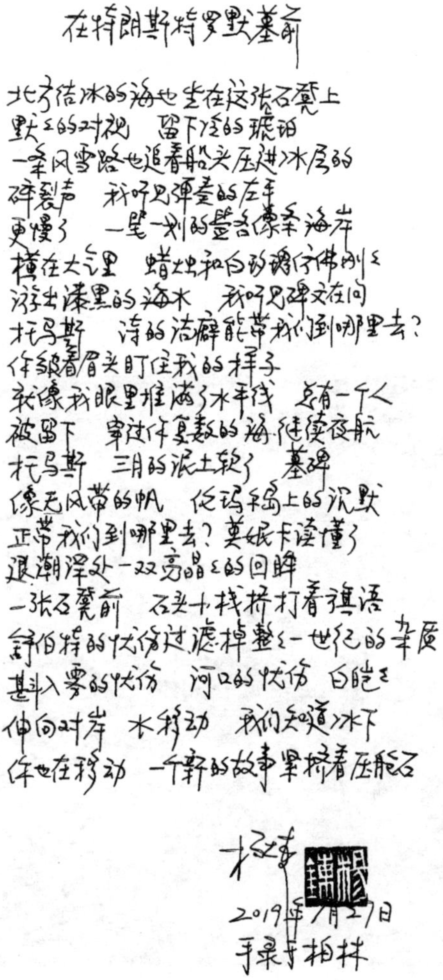

在特朗斯特罗默墓前

北方结冰的海也坐在这张石凳上
默默的对视 留下淡淡的琥珀
一条风雪路也追着船头压进冰层的
碎裂声 我听见弹奏的左手
更慢了 一笔一划的琶音像条海岸
横在大气里 蜡烛和白石碑仿佛刚刚
游出漆黑的海水 我听见碑文在问
托马斯 诗的洁癖能带我们到哪里去？
你皱着眉头盯住我的样子
就像我眼里堆满了水平线 总有一个人
被留下 穿过你复数的海 继续夜航
托马斯 三月的泥土软了 墓碑
像无风带的帆 伦玛尔岛上的沉默
正带我们到哪里去？莫妮卡读懂了
退潮深处一双亮晶晶的回眸
一张石凳前 石头十栈桥打着谜语
舒伯特的忧伤过滤掉整整一世纪的杂质
甚至入雾的忧伤 河口的忧伤 白皑皑
伸向对岸 水移动 我们知道冰下
你也在移动 一个新的故事攥着压舱石

杨炼 [杨炼]
2019年7月27日
手录于柏林

《在特朗斯特罗默墓前》手抄体（作者提供）

2019 年 3 月，作者与特翁之妻莫妮卡同赴特翁墓前祭奠
（李亚男摄影）

2019 年 12 月 19 日，冬至和诗

(For Andreas，Ines & Cornelie von Bismarck)

"形式或内容?"

静下来才听见　黑暗是它们的整体

一个冬青的日子早早铺在脚下

一簇纸灰上变白的字　修改成一种冷

湿漉漉的泥土回避着诗　紧贴住诗

我们今天读到的比哪天都多

"意义的问题!"

我们从我们的方向　你从你的

汇合成最长的一夜　冬青衬着小白花

闪闪烁烁　玻璃瓶里一点烛火还像

你桌上的灯火　在曾祖父墓碑的老石墙下
点燃你眼里一首偶然的小打油诗

“你不知或难以决定，”

现在　一束含着笑意的　羞涩的目光
不停抬起　向上修剪滴水的松针
和我们的姗姗来迟　但没有责备
你写下附身的血肉　天空灰色的优雅
爱的倾诉　仍挣扎着扎根

“而非艳羡任何人。”

我们的朗读埋进你的自言自语
这条沙石小径抵达森林边缘　你的边缘
谁知道一颗心曾悄悄哭泣了多久？
时间的轴　从四面八方拧紧
一个永远填不满的人形的深坑

“无须抉择：优雅或野性，”

从来没有两个日子　再逃出四十岁
也只逃进一日　像根钉死的骨刺
装订　死亡复述的冬天那本小书

被你随时带在身边　我们随时带在身边
漆黑枝叶间　银亮亮的并非湖水

“它们必同在才是真美!”

有只鸟高高站着　惊讶眼泪的动物
有黑暗溢满说出的苍茫　说不出的苍茫
早早储存了摸不到的孩子的颜色
渗漏进我们里面　鸟声数不清残骸
谁认识一次次劫走亲人的历史呵?

“美不是理所当然,”

它构思着诗　它发育如诗
你住进我们　母亲呵护烛火像烛火
呵护黑暗　地平线的长句不知诀别一词
地平线的长句自身定义着诀别
湿漉漉的黑　最完美的黑　非无处诀别不可

“但可以断定,邪恶是短暂的!”

小小墓园里　一簇纸灰留在冬青上
儿子变白的字留在冬青上
一个新家　捧起所有类似回家的脚步

静下来才听见

一只鹤在无边的心里开始啼叫

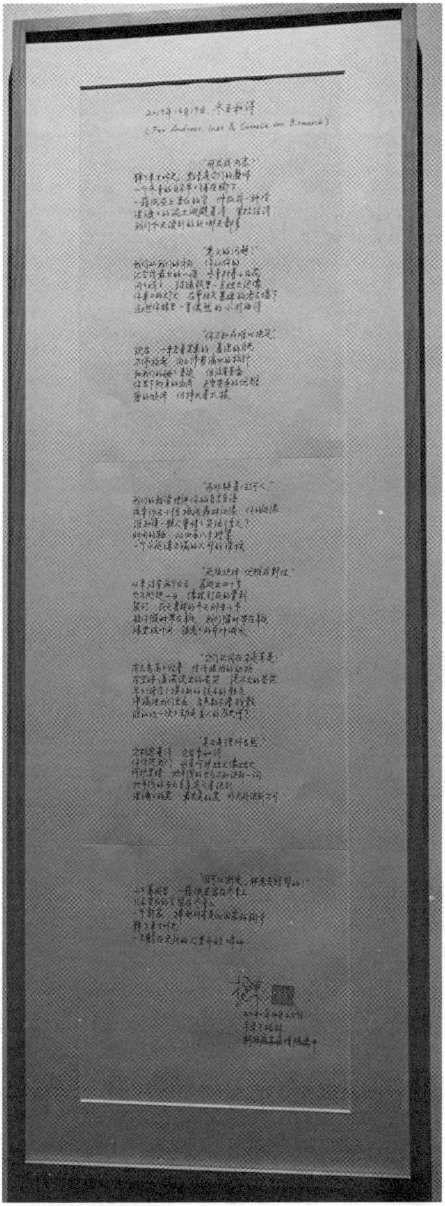

《2019 年 12 月 19 日，冬至和诗》，此手抄本挂在德国钢琴家门德尔松家中（作者提供）

柏拉图学园陶书[①]

卫城像片鱼鳞在天上融化
蓝滴下来像油　橄榄树热得发苦
蝉声逻辑学衔着叶子和空水槽
让雅典是一个深海　而我们在海底
碎　一枚陶片晃着瓶子上
听讲的线条　两千年的尘土还原
鱼鳃边一股腥味　漫过松针和阳光
让一个正午过不去　也回不去

① 雅典柏拉图学园遗址，正在卫城俯瞰之下，2017 年夏天雅典国际诗歌节期间，我专程前去探访。漫步于乱石树丛之间，遥想 2500 年前群贤毕至、神思泉涌的盛况，不胜感慨。不经意间，脚下踢起一块土红色陶片，虽然没有希腊古瓶画上美丽的线描，也不妨想象是块属于它的碎片。诗，就这样来了。——作者注

抿着我们焦渴的　被烧制的嘴唇
不回避荷马的盲眼

历史仍耽于臆想　这对贴紧的肉体
一画下就发育完美的　擎着衣褶
削出一个少女似的肩头　刚刚
长出翅膀　贴紧被揽进天空的渴望
水声从一只瓶里面荡漾到外面
我们摩擦每个尖端　嫩之残骸
依偎进每一步　走到这里好难啊
听那雅典口音说　我们的毁灭已满了
注定被驱逐的一首诗注定在掰开
爱抚的无字碑　伤痛的无字碑

肉之震颤完成那书写
肉　一次震颤两千年　像堆乱石
席地而坐　叹出一只瓶被撕咬的呻吟
正午的灿烂笼子　尾随四处游荡的
快门　一页页关闭人形的园子
一枚陶片用暗红色舌苔舔到
死亡横陈的　海底安卧的性感

抛光了沉溺　树荫下一只空水槽
喃喃自语　平衡黏土碎了又碎的沉默
灌木丛环绕四周　卸下绿锈斑驳的盾牌

奥维德的泉水

黑海在身边汹涌　当我从广场上
你的铜眉毛下走过　手拿一只空瓶子
九月的太阳拢在身后　也等着凑近
雕出口形的石头水槽　听一个口音
叮咚作响　那只船仍不知该驶向哪里
那座大山灰绿色的石阶已磨得滑润
我带来全世界的渴　交换你清冽的一滴
孤寂　总像刚刚被榨出山风　海风
苏尔摩纳嵌进海岸　听渗漏的脚步
渗漏进我的身体　奥维德　你在哪里？
我们都会变　像压在一块大海镇纸下的
那些字　一卷接一卷写入虚空

一块大理石来自古罗马　擎起鼻翼旁
薄荷的异香　幻化的神幻化成一首诗
一艘黑海边倒扣的烂舢板最色情时
满载少女们下沉　湛蓝的石块砸着牙牙学语
一条名叫奥维德的街从未出海
却航行得最远　“我喝着这泉水长大”
瓶子里　闪耀海峡碎片的水位在上升
追着淹没不知是谁的声音　“没人认识我”

两千年　一次放逐　出生的水声
啜饮垂死的水声　水波打磨两座雕像
相距千里的两个倒影拉直一条没有终点的路
让我咽喉里浸进一个黑海　让活生生的你
走在我身边　泉水翻开最古老的书
奥维德　你是空的　抵达自己新的异乡
才斟满我们的远离　一座小城像个注脚
把出走一词写在玫瑰色的天空下
变着水声潺潺的变　我们都回来了
死过无数次　过滤得清纯无比

巴茨朵夫的鹤鸣[①]

(For Cornelie v. Bismarck)

生命有一根弦

黑暗有一根弦

捻着细细的喉咙　回家

湖水是一块空地

早早摆进听觉　一枚舌尖

---

① 巴茨朵夫，德国一个小村的名字，只有三户人家。其中包括我们的好友 Cornelie von Bismarck 家的夏季别墅，她是德国著名作曲家门德尔松的直系后裔，也是门德尔松协会的现任主持者。门德尔松家原为犹太人，后来因为门德尔松银行的成功，获封为贵族。门德尔松银行的徽章是一只鹤，而巴茨朵夫是鹤群迁徙地，夏天去做客，我们常在清晨被鹤鸣声叫醒，冥冥中仿佛置身于宋徽宗画的鹤群之间。鹤无尽迁徙，总在回家途中。可是，对于拥有惨痛记忆的德国犹太人和同在漂泊途中的我们，“家”的含义，多么沉重复杂啊，惦念于此，遂成此诗。——作者注

打开红松林　一把宋朝的扇子

鹤醒着　乐谱间露营的音符醒着
光年精雕细刻一根
湿淋淋捞起的羽毛

有翅尖　旅程就又吊着开始
有瞳孔　天边就还是一处伤
邀你无尽跌入那冲动

一声接一声朝向家的呼唤里
家　录制等待的苍茫
沉寂多少次　就被捣毁过多少次

鹤颈弯下　潜入　水草的隐痛
二楼卧室的窗口罩着密叶
耳朵守候低音的绿　宿命的绿

哀歌在回来　哀歌从未离开
直到最羞涩的身子
满满住进我们的年轮

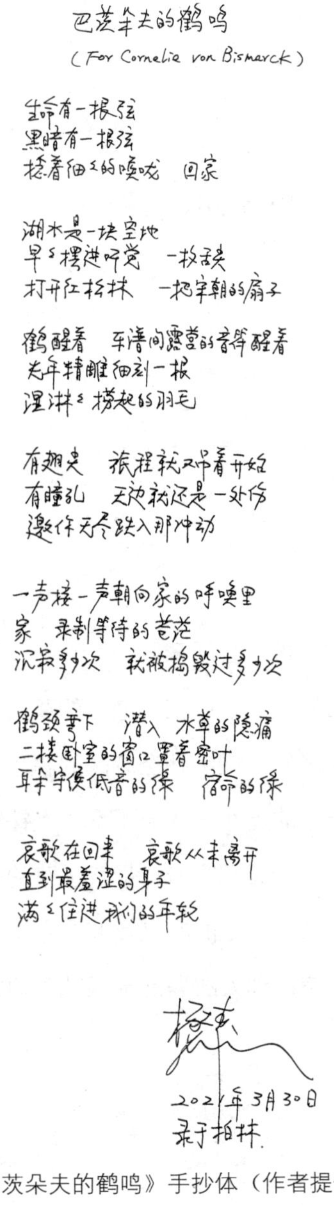
巴茨朵夫的鹤鸣
(For Cornelia von Bismarck)

生命有一根弦
黑暗有一根弦
捻着细细的喉咙 回家

湖水是一块空地
早早摆进听觉 一枚舌头
打开红杉林 一把宋朝的扇子

鹤醒着 车墙间露营的音符醒着
去年精雕细刻一根
湿淋淋捞起的羽毛

有翅尖 旅程就又吊着开始
有瞳孔 天边就还是一处伤
邀你无尽跌入那冲动

一声接一声朝向家的呼唤里
家 录制等待的苍茫
沉寂多少次 就被捣毁过多少次

鹤颈弯下 潜入 水草的隐痛
二楼卧室的窗口罩着密叶
耳朵守候低音的你 宿命的你

哀歌在回来 哀歌从未离开
直到最羞涩的身子
满满住进我们的年纪

杨炼
2021年3月30日
录于柏林

《巴茨朵夫的鹤鸣》手抄体（作者提供）

莫斯科：相对的民谣[①]

一

伊蕾的微笑再不会回来

伊凡雷帝的灰胡子还在不冻冰的莫斯科河上翘着

一架空荡荡的大钢琴朝空荡荡的暮色演奏

一朵用旧了的雪花　用旧了女诗人铸铜的肩头

　　　　　亡灵们等着　带我上路的一天

伊蕾继续微笑　她的冷已反客为主了

她的疼紧挤在别人故居的铺绿毯子的床上

---

① 此诗写于 2017 年 11 月莫斯科国际诗歌双年展之行，其时伊蕾也在，没想到她竟于 2018 年心梗辞世。伊蕾曾以《独居女人的卧室》著名，又多年旅居莫斯科，故我在诗中以她和俄罗斯女诗人玛丽娜·茨维塔耶娃及我最喜欢的俄罗斯现代小说《大师与玛格丽特》相连。诗中两节形式对比，为所有渐行渐远的故人一叹。——作者注

卷曲的笔迹一如足迹　温暖同一个人形的凹陷
只有这里　异姓姐妹能共用一枚断了的结婚戒指
带着断了的戒指　目光　初稿　从政治的异乡出走
只有这里　一杯伏特加清冷的苦味
能和窗外飘入莫斯科河的雪花押韵　每首诗追上行刑队
总有更苍茫的天际线衬托猛蹬虚空的一双脚
　　　　亡灵们等着　四面透风的耳语等着
柳条箱收拾好了　木楼梯吱嘎作响　女诗人
坐在桌前　守着满城黑黢黢眼窝里昏黄烛火似的灯火
独居是个空想　当死亡无限涌入
一辆面包车载着太近的终点　零距离撞上心脏
革命像一声哽住的“啊”那样落幕
埋在满街中国诗歌垃圾里　只一天
伊蕾已是玛丽娜玛格丽特　笑着亡灵们的笑
　　　　一条用旧了的路　用旧了我的咽喉

二

床边就是月台　离开
这片灰隔着也连着你我

失散的体温失散在窗外
泥泞的大围巾裹紧莫斯科

肉体在融化　当我们缅怀
前一秒钟褪掉的颜色
车开了　冷雾像个深海
扑入血肉让出的轮廓

人的黑洞　掏钻雪之白
匆匆行走就匆匆飘落
匆匆死一次　被流放的爱
一站站摔下天空的陡坡

一架雪橇上拥挤一代代
天才和骗子　生者与死者
灰蒙蒙　归纳多少色彩
归纳成继续晚点的诗歌

一行撕裂声缓缓撕开
远　是向内的　沉默
把你借给鬼魂　丢在

心那么深的黑暗里　一颗

就是无边　读秒的未来
惆怅从未被追上过
冷雾的脸冷冷退　逼我猜
它的谜　灌木丛砸穿此刻

生命里拽出两条铁轨
如丝　系紧诀别的眼波
孤独的空间大合唱　澎湃
在伤口中　两场漂泊

汇入唯一的方向　不在
正卷收夜　楼群　火车
我们捂暖　冷却　如时代
之病　浸进黑水　被淹没

柏林安哈尔特火车站大门①

月季开得红硕而无耻　沙石路
通向照片上的站台　在我脚下几米深
他们排着队移动　踟蹰朝向孤零零的拱门
柏林安哈尔特火车站与目的地无关
它自己就是目的地　一座雕花墓碑
站在夕阳的影子里　镂空的眼眶
拖拽一座足球场的绿茵　1942 狂奔而来
2020 围坐在看台上　月季的轮轴隆隆
滚转　死者们的血肉捐出一行数字
城市和墓园里　1942 年的风繁忙地吹着

---

① 柏林安哈尔特火车站（Anhalter Bahnhof）：1942—1945 年间，犹太人曾由此登车，被运往集中营。现在，该火车站仅存一座大门。

2020 年的湛蓝空洞地瞪着时间
铁轨装配线看不见地拧紧一张一岁的小脸
怀抱的小乘客　仰起黄铜牌上一行字的
履历　吮着大门两侧一模一样的毁灭
这只车头　开出和抵达间只经过毁灭
砖刻的热带花草下面　三只大张的炉口
喷吐火焰　拥挤的人味儿从不下车
灰烬的风景镶进变幻的画框　平行
铺陈影子　我的夕阳躺入不知是谁的夕阳
听一枚炮弹刚刚穿过　绽开一朵钢铁的奇花

　　　　　　　　那雕像孤零零坐着
俯瞰一座滚落　堆满雪白肉体的深坑
指纹留在肌肤上　灰尘签署了少女的俊俏
和腐烂　被刻画的海底石膏般脆弱
青铜般阴郁　一道瀑布间软软的四肢　乳房
生殖器　捏成月季的初稿
淋漓而下的波涛擎在一只手上
沉溺　每天的　今天的地狱之门
沙石路尽头　安哈尔特火车站重如鬼魂
我们排着队移动　影子沾满刚凿下的石屑

花朵像被穿着锁骨的囚徒牵回来怒放
雕像空空的眼窝里盛满乌有之诗
还得多少死亡才能让历史一词餍足？
地狱之门那边就是这边　不会痊愈的思想
修饰我如一件不会完成的作品　地上地下
互相俯瞰　2020 哑默而茫然
倒进 1942　像个被剜掉的记忆
人的深坑仍在等待黑透的一刻
那永不到来的　早已过去的石头　加入
一声口哨　一地碎片僵硬而亮像新的

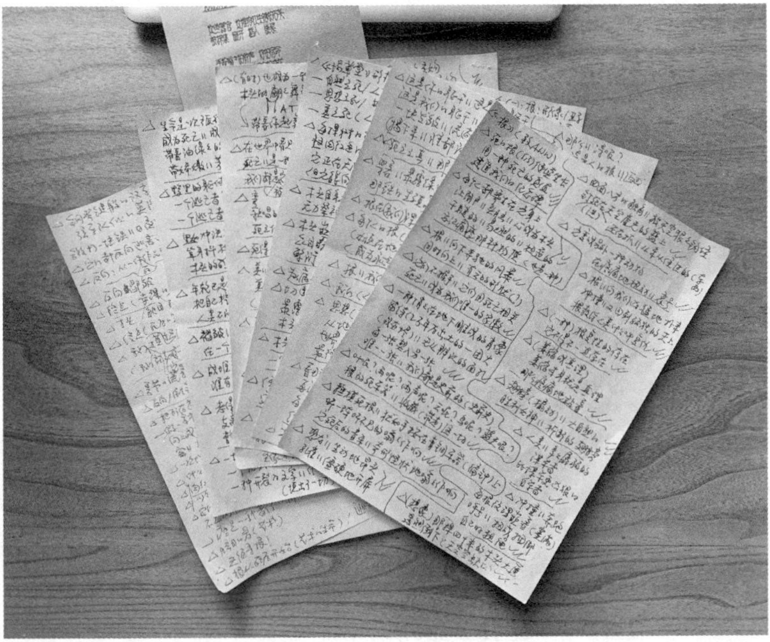

作者诗作手抄体展示（作者提供）

树林中的铁轨

白桦树袅娜升起像一缕缕烟
绿在加速　追逐断了的铁轨

爆炸声的虚线　牵着女孩儿的舞姿
每天向下钻得更深

战火静静爬出死蛇皮似的锈
婆娑的弹片细数过不完的列车

孩子们踩着滑板一跃　轻搂的
腰肢　挤进拧紧的叶子

一首烂枕木的诗　裸出星期天的
铆钉　在人性重压下哀叹

为死者的妩媚弹回　一张地下枢纽图
像石头　或掉出身体的骨头

保持平行　谁看不见　就在车上
直达西伯利亚嫩嫩的冰雪

白桦林疾驰　信号塔黑洞洞的窗口
瞪着又一簇轮轴隆隆的新绿

野餐的化学味儿　做爱的化学味儿
不疲倦地擦了再画满墙涂鸦

树根和最美丽的白骨
秘密攥紧刹车的冲动

终点一动不动　半截铁轨呼啸而过
春天清新如逆行的速度

那么　告诉我　被遗弃的
是世界或这首疼痛的诗?

音乐会上的狐狸幽灵

——给 Cornelie von Bismarck

房间是树林　大提琴的第几条命
挤进窗户　再蓝一点儿　狐狸
行走　挨近每个人　穿过每个人
踅入被听见的　手指下震颤的世界
那个巨大的伤口

乐曲　演奏一次就轮回一次
像个身影远远从树篱上一跃而过
抽动小鼻子　嗅着音符空空的窝
还懒懒卧在公子缠绵的紫花榻上
回头一瞥　盯视又一个生前

c小调　弟弟作曲家手把手领着
钢琴的轻叹　d小调　姐姐在幽泣
孪生的俊俏之死招来远近的狗吠
心里荡漾的　再美也是呜咽
狐狸　一点一点溢出体外

俯仰如小提琴　语言暗下来也亮起来
那尖耳　妙脸　袅袅的腰肢
命运变的　听懂了诱惑味儿
蹑足（或一动不动）蹚过火焰
着迷的诗无须晦涩

这是狐狸的一刻　细细的叫声
震耳欲聋　逃入无处可逃时
一个侧影满怀爱意叼起孩子们
停留在挽歌织成的绿草坪上
我们卷起秀丽的长尾　坐着

斯旺西：远眺的身边之蓝①

抬起身子　眼中笃定有一只海鸥
倚着虚空　叼住你腰上那条软软的线
窗口的色情是吸进一个大海
荡漾的肉香　小小阁楼在船桅的高度
刚刚渗出　一条白裙子抖着成形如翅膀

　　　斯旺西　远眺的身边之蓝
　　　衔着你的蕊　大西洋滑落像一个早产儿

一浪接一浪　拍打床沿像拍打着船舷

---

①　斯旺西（Swansea）：英国威尔士的城市名称，本意为“天鹅海”。英国大诗人狄兰·托马斯诞生于此。——作者注

一扇蓝色木门关住油漆剥落的风声
老灯船锈蚀的速度　数尽夜空中的鱼眼
诗人静静躺进棺木　而沙滩上
一首熨不平的爱情诗　仍在剥光你　绑紧你

　　　斯旺西　远眺之蓝　把你收入
　　　一页亮晶晶的　没人能捣毁的家谱

蒙着远古的皮肤越摩擦越鲜嫩
远古的幽灵　修饰海鸥尖嘴上茫然的啼叫
还回仅属于我们的日子　湿漉漉
填入炫目的空格　大西洋
卧在你臂弯　小如一滴墨　锁定恋人的书法

　　　天鹅　依偎着潮水
　　　蓝　依偎着风暴的舌尖　一场泛滥想来就来

远至眼中只有你　海平线
储存花瓣的颜色　开落一百万次还是你
在身边　一对肉体钉在零距离远眺上
像个想象刚刚涌出　想象

一百万年无非一次涌出

裸露到不停的梦里　斯旺西

我们的出海　同时是一场湛蓝无尽的返回

你对了　天鹅当然能叫作海鸥

当飞翔是幽灵书　翻开每一页都漏下神话

和这只香喷喷的枕头　依傍一片水

抬起身子正低低掠过海面

就那么连着　虚空着　共用拍翅声似的涛声

紧贴一枚蓝透　痒痒的耳垂

连哭出的盐　也在完成一首使我们诞生的

诗歌

杨炼（李亚男摄影）

石头·羽毛

（For Christiana Biron）

但丁的三行诗
手把手教女儿拼贴一座地狱
石头台阶层层向下　毁灭的方程式

薄如肉体的纸
一枚头骨珍珠母　一条死鱼地平线
撕碎的韵律紧咬黏合的韵律

闭起眼睛才看见　那黑暗
腐烂成婴儿　那铁丝网刹住海浪
火山口探出的手　轻抚琴弦

死亡裸露一只蝴蝶　嵌进眼眶
就是现实　波斯尼亚的枪声太近
孩子跪着　小小的乳房里灌满泥浆

羽毛真空管里躲着母亲
流泪就是流奶　一滴体内分泌的美
让你吮　人生最黑的一部分

灾难台阶层层向下　还能多幽邃？
人的陷阱　辞的陷阱　每一步踏入现在
从未抵达海底　到处深陷于海底

一幅恐惧的蓝图　只一页
已写完血肉之诗　石头之诗
轻飘飘的羽毛归纳了未来

羽毛 · 石头

(For Elisabeth Biron von Curland)

湖是一幅肖像
你手中　这支活的羽毛笔
碰碎了寂静　远飞的雁行

像串溅出中国古诗的墨迹
一粒小黑石子也追着那翅尖
想象　云的画布上谁在逃离

你　或者湖　用雁翎的桨划动容颜
水声浸进雁群三十五次来回
等于三千五百次？远山的调色板

每刹那悄悄变幻不变之美
石头守在你窗前　桌上的蜡烛
飞　穿越黑暗中深怀亡灵的轮回

沿着雪白镌刻的纹路　这放逐
集合石头之重　羽毛之轻
溢出一件刚完成的作品　这孤独

无比热烈　几乎香着　吹拂人生
一大片冲决了岸的汩汩水波
荡漾一张脸　每张脸的投影

你的笔尖　滴下天的颜色　山的颜色
一幅闪着光粼粼洇开的自画像
倒映世界　爱它就带它无尽漂泊

Le Zimmer[①]

（轻的追思曲）

帘外雨潺潺
塞纳河弯入房间
水抛光你的身体
诗人不停跃下这角落
诗的卵石憋着一口气
追上　一声扼不住的呼喊
坐进水下一件撒开的衬衣
一捧灰烬洇开一朵云
我们面对面　升起潜望镜

① 法语：房间。——作者注

注视河双倍淡定的灰色

一条湿漉漉的街录制新的河底

镜中匆匆行走的人影

在坠落　我们对酌

饮尽彼此　桥墩的雕花

溺死者的室内装饰

挂在墙上　坠落又坠落

最后的房间何须谜语

润色这到来　爱抚的距离

缩得更小　更可人一点儿

窗里窗外滚转的卵石齐齐粉碎

子宫狂暴　海床温存

海上家书

——献给母亲、父亲

“死亡　才是我们新的家庭”（《**母亲**》）

烛火不理睬一只笨拙的手
它畏缩　像个日子　躲进仙客来
也躲进照片留住的你们眼里的笑意
依旧摇曳　此刻是座小小的天池
叠加的水波叠入冰的形式
　　　　死亡　才是我们新的家庭
　　　　诗燃着长明灯　我燃着长明灯

还亮在相隔四十四年的同一个冬夜

两张脸　两个被光镂刻的俯下的一侧
不回头也知道在写信　窗外
连成一片的黑汹涌连成一片的海
生命只薄薄一页　写满了字　写不下字
　　　　死亡　才是我们新的家庭
　　　　一场病的海底　一次次被清空

此刻　我是复数　我们是单数
第一次嗅着空气中亡灵混合的味儿
第一封合写的家书　投递自
乌有的家　两个抵达记忆的名字
肿胀成我的名字　并排的海浪抚拍一个小海
　　　　死亡　才是我们新的家庭
　　　　人间多小啊　一只冷艳的骨灰瓮

盛着所有离别　血缘的蜡烛搁在窗台上
谛听的冬夜　一切都是回来的
双倍的黑暗使我显形　笔尖分娩的
孩子　血型是涂改不了的戳记
轮回之诗书皮粉嫩　体温那么精致
　　　　死亡　才是我们新的家庭

惨痛如一场梦　甜美如一场梦

谁呀　坐进被孵化的天际　死着
你们的死　仙客来像一阵微风吹散骨灰
凋谢在我怀里　翩跹在我怀里
我　一株肉身的火舌　亲人们金黄驻足
舔到海与夜　裸出海与夜
　　　　死亡　才是我们新的家庭
　　　　一声不认识的啼哭　血淋淋等着命名

病毒隔离中的生日华尔兹（一）

——给友友

家是一座塔　一根根磁力线
是圆的　我们像两块磁石吸着　贴紧
室内的小春风环绕看不见的圆心
转啊转　吱吱响的地板绿成了天涯

亡灵也是绿的　亡灵们在生日报到
空气粘而重　就当是花粉吧
领着肺先出左脚　迈大步　踩准
轮回　一支亲得呛人的舞曲搂着谁

一圈圈跳？我们或亡灵

挤满了音符　每只都在问　爱
浸透什么汁液才没放开黑暗的弹性？

一杯大理石桌上震颤的水
递过虚空　灰白板结的是呼吸
清澈　是为你沉淀成一天的毕生的时间

病毒隔离中的生日华尔兹（二）

——给友友

紫玉兰叉开五指抓挠蓝天
抓挠塔里的黑暗　舞　每一圈
都向下　病毒作曲家指定花香的轨迹
骨灰瓮的音乐泼出这日子

和我们　相拥潜泳过多少个四月
娇艳的舞伴　又一个生日制成浮标
迎着死荡漾　每盏灯失重掠过如星系
这座塔里多少座塔在坍塌

嫩嫩芳香的刺扎进一首诗的节奏

诗扎进肉　咳出血丝的须根带我们
跃入身前身后亡灵的漩涡

一把仓促混淆的　不知是谁的灰
迷进我眼里　数不清灾难时　只记得
我臂弯中揽住的是你

病毒隔离中的生日华尔兹（三）

——给友友

眼底收藏的乐谱　也等着距离被抹去
一只搭在腰际的手拉近时间的曲线
一股你最熟悉的味儿　分辨出
这身体　旋转成重叠的形式

正分娩的脸紧挨一张憋住死的脸
舞步都没换　亡灵们已跳入一场雪崩
阳光诡异狂欢　氧气面罩倒扣住新绿
我们不再需要别处的噩耗

大街的坟茔也在上华丽的一课

叶子们探出舌尖舔着受难日的圣乐
从来没有别处的噩耗

这支曲子没有终结
多少命被抽空多少次
咽喉里的菌类　倚着霉烂的回声

病毒隔离中的生日华尔兹（四）

——给友友

玻璃防护服阻止不了想象
从肉体越狱的小小现实
邻居们趴在窗口　脸缩进看不见的栅栏
寂寥的苍天一夜间空投下那么多难友

一个哲学话题　死在连接抑或断开？
你我蹚着海底的沙子　不知道
濒临哪一岸　黑暗的前方拢着骸骨
一边崩裂一边紧抱成炫目的珊瑚

回家的路一分一秒显得更真

回旋的路　忍着塔里一座旋梯
两个人的海浪　砸入宇宙雪白相对的运动

我是你的呼吸机　你也是我的
一眼决不松开的凿入亲吻的深井
向上俯瞰监禁的倒影

病毒隔离中的生日华尔兹（五）

——给友友

这个生日无间隔地过渡成亡灵的周年
房间像诗　旅途绕着轴
春色踩着惨白钙化的原型
爱　踩着弥留的锋利

同一天发育两只嫩绿的触角
我是桥　另一端架在你身上　祭祀之
唯美　又一刹那叼起明媚的肉体
白茫茫的肺　留下遗言似的华尔兹

紧紧相连　你　我　和亡灵

蜂拥而入无边的舞姿　每一次
像最后一次嵌入彼此

清澈如安魂曲　沉淀无数
抒情而惨痛的史前　手熔断了手
一道强光透入锁定的凝视

作者与妻子友友在巴黎高等师范学院办公室门前
（作者提供）

虚构 · 2020

——给歌苓

纳博科夫带着他的蝴蝶　钻出
大湖的反光　嘿　你是谁？一枚
狐仙　一弯白蛇　同时是书生
爱上写成的命运就在那儿悄悄转世
写到一座疫城　就迁不出幽幽呜咽
躺下听　音乐里压碎骨殖的嘎嘎声
谁说在返回？一个阴间溅出一条大江
扼住你的喉咙　浪踢你犹如相思
故乡的鬼故事无限沉吟这次远离

人默认虚构　当你院子里的竹叶

也早起　婆娑　幻化一页曙光的白纸
每个字有翩翩舞姿　而舞台还空着
空的原版　憋住父亲的咳嗽　一首诗
填满亡灵们的不在　像丢弃的手稿
用黑暗一丢再丢　被禁止的呼吸栖入
被禁止的拍摄　没开始的一场隐喻
瞪视血肉的苍茫　父亲倒淌进乱石
又一个角色等到被辜负的美

是你吗？一种远古的忧郁已深至
呛死时间　赠出的青春且叹且演
都是真的　2020 挤进最薄的茧子
蠕动　胀裂　挣开阴间那么鲜艳的蝶翼
纳博科夫在此　父亲在此　大历史
淘不尽的幽魂　梦呵笑呵　仅仅一滴
谁读懂便伤心如字　窗内窗外
同一抹月痕　竹叶飒飒腾空了乐曲
第一盏灯牵着无数踅出身体的影子

听　茶（一）

一片蓝紧闭自己的心事　背靠
碎石小径　云海　斟满的天池
一片蓝烹煮眼中那汪泉水
氤氲的景致　追着你体内的海拔　飘

　　　闭上眼　耳鼓中有根弦
　　　烫你伤你　香的瞬间爆裂成空间

这个早晨就被听见了　蓝
也有上山的脚步　一棵树的老屋里
乡音采摘不完　高寒引你滋长一枚嫩芽
嵌进残梦的茶花欲言又止

　　盈盈倒影　谁不被水俯瞰？

　　最玲珑的一杯茶放在诗边

像件晴朗的乐器　朗读飘的名字

茫茫人海间饮也是飘　满目

叶脉流淌汁液　每一滴吮啊品啊你那滴

艳冶的痛　回归的痛

　　慢慢咽下一整夜的无眠

　　慢慢咽下歌唱的　泯灭的无限远

无声说　不必　你品着听

听着想　一缕香融进血肉

删除了血肉　蓝蓝抵达一座山顶

天池中一首诗荡漾不去

　　你忍住回声　孑然一身的地平线

　　袅袅的焦距对准伤口上的盐

听　茶（二）

听一个梦像听一种颜色
两只茶盏上空永远低低悬着月亮
你的二泉　你的音乐　天天
陨落　总有更深的黑暗一唱三叹

　　让一片小海浸润内心
　　峭崖在脚下　惊涛步步逼近

铸铁的阳台栏杆也是一个湛蓝的字
从未出口　已抱紧了一切
昨夜旷野上的舞步无比静　无比喧嚣
谁在哪儿　踩着一枚绿叶翩翩欲飞？

茶香里有人　无人?
漫溢的温情　细嗅自己的厄运

一个梦让你无尽地坐进去
一个娇羞的身子　让扩散的年轮
扩散圆圆荡回的风暴　你的黑颈鹤
用骸骨尖叫　谁说一种优雅不能沸腾?

一种裸裎的不在　琴音
缭绕　你血淋淋的嫩

还含在黑暗嘴里　命定
演奏一张瞎了的乐谱　听茶就是听你
飘的深渊潜入何处? 摔碎声多远?
世界学会像一颗心喃喃自语

黑暗无穷无尽　只一吻
递过时空的杯子轻倚朱唇

绚丽的不可解封之诗（一）

整整一生是一次趋近
山的隘口　雪的隘口
人　绽裂　濡湿的隘口

整整一生　听一把粉红的锯子
拉过虚空　同一个冬天同一场舞蹈

道路向北
是谁在构思？一道黄昏的台阶逐级升高
吊在钢丝上的暮色荡漾我们的远眺
继续摩擦小小的群山
汪在咽喉里的冷　残缺如一种美

看啊　你身上的锯齿丝丝咬进生命的荒凉

谁的作品摆在房间里
黑暗和血味儿缕缕渗出　摆在作品里
我们呼吸贴着呼吸　一再荡回此地

入口就是出口　注定
雕琢同一滴结晶的泪水

空空的栗子树也在加密喊疼的月牙儿
一条甬道领着子宫　努着嘴唇的卵
含着世界　跳啊　舞曲停不住　哭泣停不住
肉做的琉璃瓦一点点成形　只为燕子
存在一次　我们飞来　静静碎一会儿
没入不可解封的温暖的咒语

直到一首情诗自体内的永夜显出轮廓

绚丽的不可解封之诗（二）

山桃花什么也不说　只擎出一张人脸

春天优雅地涂抹你
春天优雅地囚禁你

淋漓的时间关注一块颧骨
熬过几辈子的石头
留下笑盈盈的侧影
俊俏　像个狐仙

依偎在身后的绿　此刻正像诗
一行接一行敞开　把爱藏进更深处

一张肖像千变万化　一簇线条
千年修行　你被画出　写出　读出
我咽下的沉默拖迤九条尾巴
和一个幻化的器官　来　拎着看不见的思想

就这么暴露在噩耗的天空下
细数噩耗的命　软软的锯齿衔着一点肉
眼睛的漏斗漏下世界　春天储存着
色情　从不放过研磨每个伤口
一阵疼里长出的桃树让死者的内心突然开花
近得不像真的　近得酷似我自己的秘密

你用我一千年的注目远远走出我

只剩一首诗像条地平线铺在脚下
春天是用不完的　优雅是不可改正的

念　湖

（摄影练习）

一个湖形同噩耗
比生命大　比死亡大
你走在湖边　每个人走在湖边

手中的相机测试着黑水
雾的时代　栗树远逝如一只鹤
反着发育迁徙的叫声

比你深的波浪不停校准
一个梦的焦距　早晨醒来
空空的土墙瞪着零度

一丝米一丝米推着你的影子发呆
你的俊俏　屏息间沉溺一点
就添加一点

念着想着就像忘着
漏掉的　不在的　白濛濛
雾　何来岸?

只一次浸入渐渐枯竭的心跳
影子抵押毁灭?影子就是毁灭
湖　大口吞下千分之一秒

噎住虚无的景深
坍塌　储存一声长叹
荒废　什么也没留下

一个死透的时代用假的波光粼粼
繁衍噩耗　已是唯一的噩耗
锁定你　拼贴你
俯瞰水中　一支没有你的

无穷演奏的逃亡曲

按下快门　倒映的世界在复仇

作者诗作手抄体展示（作者提供）

岛（节选）

之一

距离也是一种性感　水远远看着
当你想而不能触摸
当你触摸而永不会抓住
你抓　五指间汹涌出漆黑的波浪
冷雾中的树林隐在对岸
像伤口　不停拉起一座吊桥
铺满雪的小径每天更疼
顶到皮肤上就断了　你该庆幸它断了

船形房间储存着人类不认识的美
逆流行驶中　锁入我的窗口

最小的左耳听到前世　鬼魂放弃了锚
陷进一张铺得软软的床
当你不说你才到了
当你失重　黄昏的那道光才再移不开
当你　把自己给了做梦似的金色
我就加入鸟群　在床头大声啼叫

之二

你对了　人生的室内乐
要么全神贯注倾听　要么该关掉
水　一滴就圆圆锁住这些岸

涛声没有缺口　一如订制的肉体
还坐在礁石上　四周丁香味儿的大海
还打进小女孩不停的远眺

紫色或白色　花瓣储存在眼里
春天彻夜失眠的阴暗的眼圈
始终睁着　被一个方向弄碎

受苦的是那粒等在水下的珍珠

变老的是盐　贯穿在每个浪头里呜咽
狂风是一块佩戴在手腕上的玉

岛　从你诞生那天开始行驶
从未减低孤独的航速
从来在抵达　一场退潮挪远的脚下

紫色　伤害布置动荡的近景
反衬白　水平线像道嵌进命里的雪线
裸露你一生接住的所有雪花

仍是湿的　小女孩腮边流下一半的泪
多年后　演奏被你带回的一场冷雨
海鸥垂直栽下　又飞起　你听清这一吻

之四

当爱也无非一个阴暗的　带口音的字
当餐厅嵌死的窗户徒劳地望着大海

选中一个形象就选中了一个诅咒
暮色垂下　爸爸在浪花里回头

一盏烛火在两只酒杯间想象
海鸥　领着反光中一道道金色弧线

我弯回有付玻璃残骸的起点
你　凝视零度内无限远的暴风雨

触觉那么远　春天的看台上挤满了死者
皮肤的菜谱罗列被抚摸的死后
手伸过桌子　越不奢望避开盐水
越攥紧阵阵锁着发绿的掌声

我的玻璃守在毁灭的天性里
你被吮得上瘾时　说　别再玩它了

别动　岩石拉长唯一一夜
爸爸黑透的海口　满捧着玻璃碎屑
把鸟叫粘在窗外　指尖凉凉碰到悬崖
选中岛　无数大海已被裹胁而去

视觉，或岛之五

——给 MICHELLE LEGGOTT

你比谁都看得清楚　这城市怎样消失
这海渐渐冷凝为博物馆的窗户
用一对翅膀在你家两侧扇动
水　收藏起某次走下老炮台的脚步
黄昏摸索磨损的台阶
六点钟　草隐入湿漉漉的绿
你比谁都更早地站进暮色
用一阵口琴声　耗尽落日
最后的听力

风景等待的从来不是眼睛
岛　从来倒映出心里一个岛的形象
灯火录制在一首诗的银版上
夜追着命定的逻辑　像狗儿追着怪癖
狂吠　黑暗一边就是起点那边
曾被阳光掩埋的　把你最先收回来
眼睛美丽地睁着　终于有纯然的孤独

杨炼（李亚男摄影）

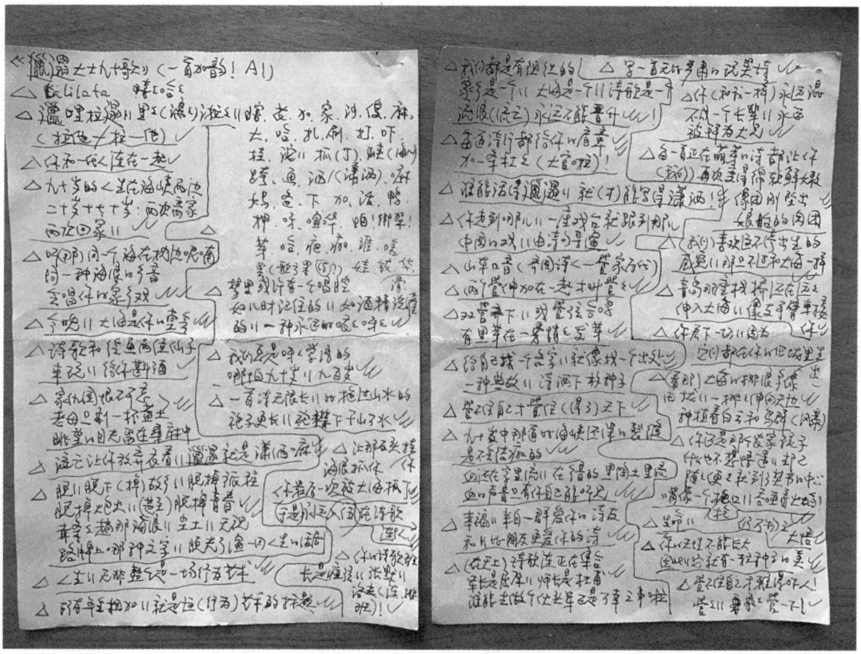

作者诗作手抄体展示（作者提供）

“金沙，请听二十秒钟雨声”[①]

（给际根、王方）

“金沙，请听二十秒钟雨声”
不写诗的际根　把我们的头
　　　　　　　　　　　　　　　　按进诗里

此刻在金沙　大雨
无尽灌入一只漆黑的器皿

① 唐际根、王方，当代著名考古学家。唐际根是商代考古专家，长期担任河南殷墟考古队队长。王方，高古玉器专家，成都金沙遗址博物馆副馆长。2019 年 5 月，金沙遗址博物馆曾举行考古诗歌之夜，活动中，大雨如注，际根请大家安静二十秒钟，静听雨声。由是，成为此诗缘起。——作者注

二十秒　一个国家坍塌进
另一个国家　梅花鹿穿过水的树林
回头　瞪圆青铜的大眼睛
流逝的内涵从未溢出耳鼓的探方

二十秒　二十种历史的外语
都响起哗哗声　我们所有的诗
从檐边飞泻　漏入一首黑暗之诗

雨声不容辩驳　它指认
看不见的湖　我们不认识杜甫
杜甫不认识一架玉琮梯子上
攀爬五千年的人形

金面具倒扣住同一张黑洞似的脸
听啊　异乡人　紧挨这场雨
我们已接住过多少黑色的时间？

　　　　　　　　　　　　　　还得再接住多少
黑　金沙大口咽下的今夜
沉积至我们胸骨　尾骨　一条阴刻的线

够长　够古老　迎着死亡的干涸
停在不可能更深的坑底

这间无限大的房子　只能等下一次发掘

在上博抚摸一只西周编钟

——给周亚

青绿色的肌肤像个小湖　拂过
就是一阵颤抖　水面碎了
水底不会凋谢的花朵　裸露
死者的口音　却不记得他们的死
冷下来的余温沁进家谱　越摸
越远　两千年紧挤着你被挖出
胸腔那口深井里　黑暗在打捞
黑暗的赝品　你的发育从来是骸骨
你的姓氏淤满了泥土还吊在
镌刻的高度　听被剔掉的心跳
不分内外地一下下砸着

历史　从空到空　没什么可失去

假想的嗡嗡声不知谁在说
在哪儿说　辞是一个频率　手
是另一个　同样忧郁的音准
校对你我　两千年等着意义的器官
戴上兽面　彼此成为祭品
穿越时间而来的除了恐惧还是恐惧
手掌贴着器皿　感觉冤魂在共振
穿越墓穴而来的除了耳鸣还是耳鸣
这个洞是填不满的　这次向下的
攀登　扣着棱角　扣着疤痕
青绿色的微风葬在抽搐身边
电梯降下来　我们是重铸的死寂

在上博抚摸一只西周编钟　（赠周亚）

青绿色的皮肤像个小湖　拂过
就是一阵颤抖　水面碎了
水底不会凋谢的花朵　裸露
死者的口音　却早忘了他们的死
冷下来的余温沉进家谱　越摸
越远　两千年紧挨着你被挖出
胸腔似的深井里　黑暗在打捞
黑暗的赝品　一种发育从来是骸骨
一个姓氏淤满泥土还守在
镌刻的高度　听被剁掉的心跳
不知内外地一下下砸着
历史　从空到空　没什么可失去

假想的嗡嗡声不知谁在说
在哪儿说　辞是一个频率　手
是另一个　同样忧郁的音准
校对你我　两千年等待意义的器官
戴上兽面　彼此成为祭品
穿越时间而来的除了恐惧还是恐惧
抚摸一只器皿　感觉灵魂在共振
穿越墓穴而来的除了耳鸣又是耳鸣
这个洞是填不满的　这次向下的
攀登　抓着棱角　抓着疤痕
青绿色的微风埋在抽搐身边
电梯降下来　我们是重铸的死寂

2020.8.31.

《在上博抚摸一只西周编钟》手抄体（作者提供）

谒草堂

一

三十年　从夏天这边走到那边
三十年　酝酿着秋色

一杯更浓的浊酒
移至我面前　倒映咽下的笑

栀子香仍在缝合裂开的薄暮
草堂像草船　听　我自己的水声

流过　却未流出
绿阴阴的深潭叹息的直径

我漫步的鼻息拂低竹叶
数着疏雨　落入死亡的洁癖

三十年前　孩子转身丢下漩涡
又是花径　又是蓬门

登上诗人各自绝命的船
刮疼此地一千三百岁的河底

轻如一根草　任凭狂风镂刻的
不拒绝贫病题赠的

结局　他推过的石磨
磨着炊烟

淡淡飘散　我的成熟
像一个国度　习惯了忧伤之美

二

一行诗的幽暗甬道越走越暗
一行诗　园静游人散

竹林的竹杖点着风声　雨声　鸟声
浣洗的山花一如浣洗的人形
给我一个黄昏　渗出等了三十年的
发黄的纸　渗出两片水面远远推开的
两张脸　一架木床一张冷衾
追上燕子　暗香的空间不停退场
退至漏掉的血肉中亮起来的含义
给我一种命　不同于每一条路
却把路都变成影子　他慢慢行走
在我身边掷落酒杯大的雨滴
云愈漆黑　一点烛火从水底远眺
一个夏天读出一千个夏天的寒意
给我这能力　忘记诗歌才终于返回
刺骨的温馨　比语言更惊人的死
被不值得的活冒犯成一句空话
而我小心踩过边缘的大海　紧挨
他的清瘦　忘记拜谒一座草堂
三十年才琐碎地一点点搭起一座草堂
一行没有尽头的诗用尽了漂泊一词
一个历史　没有败壁颓垣
当千家灯火在一夜那么深的心里祭祀

拈出嫩嫩湿湿的蕊　同一次生成

给我红艳　体内留住的香

薰香此刻　星斗明灭着发芽

我已是又老又美足够洁净那人

永乐梅瓶

一枝看不见的梅花停在这儿等我
一双爱之手　构思玉的质地　抚摸
我就变了　六百个初冬堆叠初雪
沁蓝震颤的一夜　一只瓶的细腰热热
贴紧世界边缘　我惊醒于我的云涛
美人肩头探入烈焰也探入血色
看不见的龙爪死死按住　这场陨落

美人诞生于激情　一抹涌上脸颊的红
来自梅　来自火　一夜龙窑中
龙眼　嵌进我的裸体　俯瞰性命
秘密雕琢被把玩的欲望　花瓣

兽类的小小爪尖在水晶枝头走动
美　令我们空出　寻觅　灼烧
忍住　逼迫一只瓶夺目的疼痛

　　　　就这样我的冥思谁也看不见
我兀立　屏息　一首窈窕的诗篇
把朝代　人声　纹绣在身上
反光中无尽烽火路滑落如赞叹
与我有关吗？沧桑或兴衰那些错字
都删除到体内　一个被深深吸进的圆
吸着世界　来呀　碎入我的红艳

博物馆围着这只蕊　暗香袅袅漂浮
哦　吮着忧伤　美人的肌肤
夜夜成形　一缕香舔穿龙吟　海啸
剥我塑我　一场逗留于极端的梅之舞
再等六百年　爱仍新且嫩　一举
用尽了岁月　血的指纹翻飞　捻转　稳住
一枝看不见的梅花璀璨地插在到处

听溥雪斋弹《梅花三弄》[①]

是否　大江大海也轻于一瓣小小的梅花
是否　梅　绽开如乐谱　飘落如乐谱

清丽　看不到时　嗅　嗅不见时
听　你的园子　我的园子
萦绕的回廊　绕过石　绕过竹
绕过你的笔　碎　散落空中点点莹白

---

① 溥雪斋，清朝皇族贝子，本名爱新觉罗・溥忻，字雪斋，后以字行。溥雪斋以画著称，也是古琴高手，琴风一如画风，韵味清丽典雅。溥雪斋生于1893年8月30日，1966年遭逢“文革”，大惧，于8月末（一说30日生日那天）携小女儿六格格遁去，不知所终。溥雪斋故居之一，在北京王府井西堂子胡同老门牌25号，后由我曾祖父刘燮之从溥雪斋手中买下，其庭院花石，温馨优美，据说都由溥雪斋亲自设计。也因此，聆听他演奏《梅花三弄》录音，联想其身世遭遇，更添感触，遂成此诗叹之。——作者注

那离家出走的　必须继续离家出走
无处收尸的　只能藏进一根断弦

得多绝望　毁灭才被赋予一缕幽香
听　自己是鬼魂　且任鬼魂尽情抚弄

是否　花蕊早知道湿湿的器官鲜嫩或腐烂
都在被吊打　迢遥的疼隐在到处

叫你　叫我　把辞脱在门外
听觉那样赤裸　听觉那样不期而遇

1966 年 8 月 30 日　从未想象的酷暑
把你逼入寒夜　你牵着小女儿踽踽

而逃　满眼枯冷山水
恐惧的死角里　谁不是倪瓒　谁不是徐渭

谁没埋进你名字的茫茫大雪
听　梅花等在消失的方向

2019 年　琴音不变　中止不变
是否　你知道我会生于你的慨叹

是否　音符间脱落的香之骸骨
就这样袅袅　花园墓园都被风吹走

星期一，以西湖为背景

那天　白娘子　苏小小打工的博物馆
关门　我们的船去诗的莲叶间
找小青蛇　阳光　波影袅袅款款
踩着五月来　一大朵花必紧挨你的脸
香　变亦不变　蛇信子舔着船舷
吐出一座塔孤零零扮演墓碑的岸
　　那天　美是我们的话题
　　美　剥夺到底无非一滴浊黄的水

西湖似的幽寂　埋在桨声中的历史
也被背后一排高楼埋着　我们在坑底
逡巡　一个血味儿的世纪

总把眼镜浸得更湿　父亲的天际
渐远渐深　守着桌前那扇窗　你
一天天的瞭望已发育成神思舒卷的诗
　　西湖声声轻叹　与人生押韵
　　碧波上无数断桥　每块玉携着血沁

言辞羽化成蝶　而笔下一幅画确认
美那个鬼　像个浪子攀在船边　粼粼
抓你　每个早晨醒于难度　这命运
并非厄运　下一次蜕变用刺痛忍着我们
构思　两条鱼游入一个女友的文本
相遇的诗意　衬着湖山一点点延伸
　　言辞的针　看不见地穿缝
　　一抹微微心跳着怀抱你我的晴空

一部优美之书无限大　无限疼
等于爱的定义　那天　我们横渡的静
同时多狂野　最深的低音部无须听
只该想　一个祭祀斜睨着风景
燕子们出生　入死　在你俊俏的一瞥中
双倍漂泊　一千年的孤独无比重　无比轻

一部优美之书　一次次还原

起源上的我们　丝丝渗出小青的冷艳

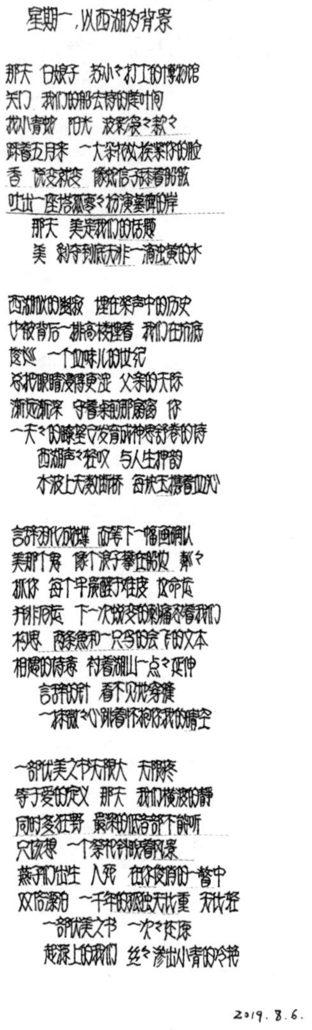

星期一，以西湖为背景

那天 白娘子 为小々打工的博物馆
关门 我们的船去待的莲叶间
找小青她 阳光 波影象々款々
踩着五月来 一大朵花纹挨紧你的脸
香 说变就变 像蛇信子舔着船舷
吐出一座塔孤零々扮演墓碑的岸
那天 美是我们的话题
美 剥夺到底无非一滴浊黄的水

西湖吹吹的幽寂 埋在桨声中的历史
也被背后一排高楼埋着 我们在杭底
逡巡 一个血味儿的世纪
总把眼睛浸得更涩 父亲的天际
渐远渐深 守着桌前那扇窗 你
一天々的瞭望它发育成神思舒卷的诗
西湖声々轻叹 与人生押韵
水波上无数断桥 每块玉携着血沁

言辞羽化成蝴蝶 面等下一幅画确认
美那个字 像个浪子攀在船边 紧々
抓你 每个早晨醒于难度 这命运
并列同运 下一次蜕变的刺痛忍着我们
构思 两条鱼和一只鸟的会飞的文本
相遇的诗意 衬着湖山一点々延伸
言辞的针 看不见地穿缝
一抹微々心跳着怀抱你我的晴空

一部优美之书无限大 无限疼
等于爱的定义 那天 我们横渡的静
同时多狂野 最深的低音都不能听
只该想 一个祭祀斜睨着风景
燕子们出生 入死 在你俊俏的一瞥中
双倍漂泊 一千年的孤独无比重 无比轻
一部优美之书 一次々复原
起源上的我们 丝々渗出小青的冷艳

2019.8.6.

《星期一，以西湖为背景》手抄体（作者提供）

拱宸桥一夜

西湖有多少美
运河体内就溢出多少黑
剔净这根银白突兀的孤零零锁骨

舒羽咖啡的梧桐舌尖
在黑暗中写字　我们倚着石栏
石栏倚着世界　漂移　而无底

拱宸桥　我在天上打开的扇子
搧一下　一千年的黄酒洇开墨色
搧两下　水的铁丝牵回那星系

叹息的光速隐在身前　身后

谁呀　锁住的泪眼啜饮锁住的相思
诗的名字里噙满远眺

一滴　盈盈淹没一座城的假寐
一次高高挺起　芳香的园子迎着刑期
一个江南向北行驶

有多少爱抚就有多少羞辱
谁在桥上就俯听一种日夜流泻
奈何不得啊　今夜　黑暗如孤山

有人攀登吗？拱宸桥载着星空飞逝
我们披着鬼魂的清冽
爱上不可能的光辉

一根锁骨轻吮停不下的疼
发育　西湖的肩膀　翅膀　翎毛
最黑的美学最无边无际

黄山的定格

——For Jenny Hall

看　即置身于哲学　景色
都是碧蓝眼瞳的一部分
石凳　峰峦　云海　裸出的无边
被称为思绪

在一张看不见的脸颊上飘动
一抹云　漫过山脊爬行
每滴细小的水珠里　含着你
细小的惊呼　当一刹那崩落如一道绝壁

俏立人生　朝哪儿看不是万丈深渊

哪个定格不是背影　团结
岩石轮廓里你一千万年的背影
什么不是这本书　朗诵一次

就启程一次　山边必是海边
绿绿松针舔着你的指尖　不可能
更近了　新家里第一场诗歌节
水手们粼粼雀跃　每行海平线都写着归来

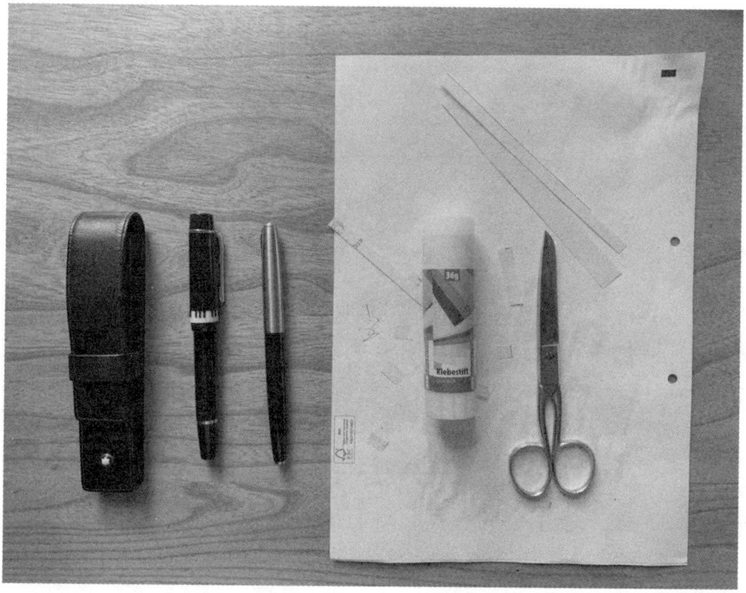

作者书写工具（作者提供）

和我一起长大的山

——访周口店眺望西山有感

那条山脊线藏着我所有的故事
那一抹绿　渗出石缝　勾勒
年龄的刻度　我重重叠叠的天边
被一粒小小的石英眼珠盯着
压平如一片鱼化石薄薄的叶子
消失的酸枣丛漫过石板瓦的足迹
领着大海　山猫似的纵身一跃

那么多海浪　满溢着榛子味儿
那滴海水　像枚最早成熟的樱桃
在我肉里种下开了又谢的沧桑

走得再远也走不出一阵蝉声
我的西山等在这儿　浸透我
白天黑夜储蓄的荧光　山脊的延长线
砸着梦　每粒石子都在找回家的路

经过太子峪　二姨的乡音叩着墓碑①
经过黄栌村　岁岁红叶也是踏月归的
陆健兄　干　插队回眸时山的紫色
已洇入酒意　延滨兄　云那边
苦味的水土有干妈护着多好啊
苦娃般用一切方向长入天空的诗
才是好诗　吮着我的今夜　永远

天边重叠就像折叠进这里
嶙峋的内涵　每一步都埋在山中
和我一起长大的是这道碧涛
从未停止拍打海上的眺望
我无须还乡　因为我从未离开
小小的命注定第一场雪下到了最后

① 前往周口店的路上，经过太子峪公墓，是我老保姆二姨埋葬之处。——作者注

不多不少裸出这个海拔　火石一敲

心里的洁白一一再造我的亲人

蝶之湖[①]

——题友友《柏林的湖》组画

一只蝶翼蒙住整个湖面
另一只在你心中翕动　抖落的粉末
解开满房间水波和树影　芦苇丛

---

① 2012年，我们从伦敦搬往柏林时，我正在读纳博科夫的回忆录《说吧，记忆》。纳博科夫是著名的蝴蝶搜集和研究者，所以那本书上，每页纸间似有美丽的蝴蝶翩翩飞舞，而最美的那只，恰是纳氏优美清澈的书写风格。不可思议的是，当我们的伦敦家搬得空空荡荡时，客厅窗外却飞来一只绚烂无比的蝴蝶，暗红色的翅膀上，像睁着硕大的黄色眼睛，如孔雀尾羽上那些彩色圆环，她在我们窗台上栖落了一会儿，又翩然远去。后来我才知道，这种蝴蝶叫孔雀蛱蝶。这个“艳遇”，令我写出三首《蝴蝶》诗。无巧不巧，今年（2018）夏天，我到匈牙利领雅奴斯·潘诺尼乌斯国际诗歌奖，不仅朗诵了那首《蝴蝶——柏林》，而且我的受奖词也题为《一只海蝴蝶》。回到柏林的第二天，也是奇了，又一只孔雀蛱蝶不期而至，栖落在家的厨房窗台上。跨越六年，两次来访，莫不是同一只蝴蝶，抑或就是一只孔雀吗？这只会变形的、会做梦的蝴蝶——庄子的蝴蝶，是否干脆就是庄子本人？这首写给《柏林的湖》组画的诗，就算在迎迓那些美丽神秘的灵魂吧。——作者注

一夜金黄如一只准时栖落在窗台上的孔雀

一只蝶翼睁大亮晶晶的眼睛
另一只合拢　下潜至漂泊中的漂泊
看啊　你架在每道浪峰上的小小彩虹
都像栅栏　细数抓不住的　漏出的日子

画带着家　抱紧沉甸甸的爱不停跳水
柏林是你的　这夏天唯一一只孔雀
来找你　要你飞　追上翩跹的难度

要我们无限抵达刺痛的　甜香的一刹那
跃入一个蜕变的躯体　被水声吞没
一件艺术吮尽未完成的生活

邋遢大士九十歌[①]

（赠管管大兄）

邋遢邋遢　邋里邋遢　大士携黑芽
喜唱九十歌　笑栽庆寿花
来呀　风尘一一褪去　山河率性脱下
来也　大海是堂会　白云如桑麻
你一袭征袍里赤条条裸着几个天涯
加二十岁的乡音　未谙世事的炮火
无处晋升如一首诗　枕着海峡
听　老母的叮嘱　那藏进黄土的密码

---

① 台湾前辈诗人管管，有书斋名“邋遢斋”。吾爱管管大兄为人为诗潇洒不羁，更感佩他那一辈诗人，穿越历史风云，传承华语诗歌香火之大德。2019 年，正值管管九十华诞，吾特戏仿管管吟诵之风，做此小诗以贺，盼博大兄一笑，顿首再拜，遥祝管管长命百岁矣。——作者注

破译不了　才一生沐着春晖的寒意
九十岁　用七十年跳下一道断崖
一跳就悟了　身边的风声　雨声　潮声
都投入诗歌的国军　最小的阿兵哥最风雅
女娃儿的靶心　只待神枪手扳机一扣
青春与年龄无关　一幅画甩着长发
总在递增爆破力　每个字有身段　唱腔
小扁担　一座戏台追着你　走到哪
潇洒到哪　人生的活剧无须圣贤　长官
一道拍岸浪的军衔封你当个班长
领着尽情的嫩　一首诗里零的乘法
刷新又刷新　九十岁算啥　九百岁算啥
邋遢一生　无非小小的亡命
到一个昨晚洗净的韵脚里　唱你的国风
抚你的太平洋那张琴　邋遢邋遢　曰大
点燃星空的小灯笼　邋里邋遢　曰美
大士曰　俺这破衣烂衫　正配清凉天下
叫上东坡　醉卧一回　黑芽黑芽
拉他拉他　拉着邋遢的每个他　俺们回家

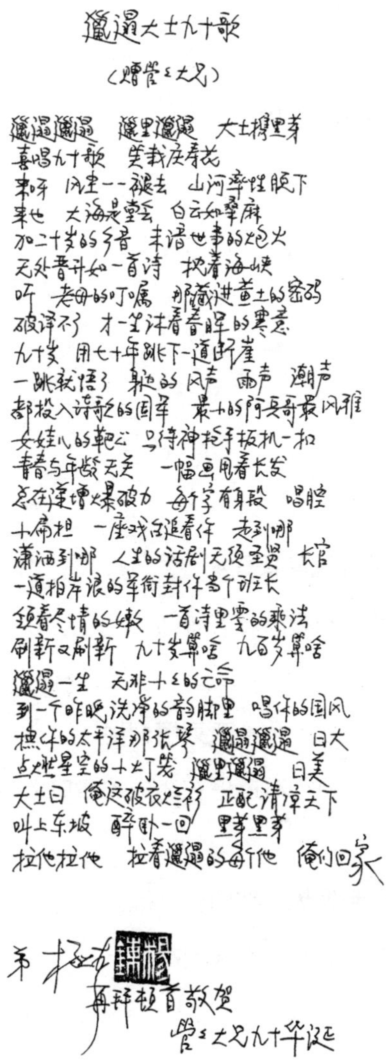

《邋遢大士九十歌》手抄体（作者提供）

高福里中元节

一

从御花园到高福里
一百米　隔着没有的时间

子宫无限软　分娩两列梧桐树
一辆中学自行车还停在迷失的路口上

从炎热到炎热　你的
身体为我裂开一次又一次

二

每次在今夜　一个肉做的虚无的室内

每扇漆黑窗户封存你的背影

母亲　纵容我躺进两个臂弯

逆着一条甬道摸索至这阵啼哭

弄堂口的铁栅栏　心梗般切下

今夜　脚步声是回声

我是我自己的鬼魂

三

来到皆幻觉

一首诗把你的家偷换成我的

死之乡音热切喃喃

纵情沉溺的一百米

没有尽头　甚至没有开始

再来　诀别的花朵决绝推开晨曦

白千层

一种深痛只能无言
用我皮肤的千重浪　千堆雪
无言剥开一个春天

诀别的春色　一层层撕掳
一块不停隐匿进苦涩的肉
撕掳看不见的疼　丝丝缕缕

看见抽打　看见依偎
褴褛的故事　不多不少是相思
依偎成年轮　细数自己的碎

白千层　新绿如断壁残垣
一片叶子默默追赶一个背影
断壁残垣牵在手里　那地平线

揉皱了草地　揉皱了湖光
读进我　读出一千个你
湖光粼粼　拢住同一处内伤

原地未动的早晨
爱抚最深时　只剩目送这一课
早晨的死亡的亮度　一吻

已掏空融雪的身体
醒来的泪　含在乌有的眼眶里
身体悄立路旁　孩子们都在学毁灭

杨炼与作家、翻译家万之及特朗斯特罗默夫人莫妮卡在一起
（李亚男摄影）

汕大，封存的家书

你走在她们中间　沿着星空
洒下的磁力线　下课的钟声
放飞星星　一条林荫轨道
带你来　验证我眼睛的天文学

鼻尖上榕花树俊俏的颜色也走着
那么多脖颈上　少女的芳香
晃着玉坠　腋下一本书的小海
波光粼粼　青春是种能力　羞涩也是

你走在她们中间　影子挽着
最美的影子　我体内印满太空步

轻飘飘发育成一首刚褪下胎衣的诗

带着小湖　桥　倒映的山脊线
你是一个想象　吮着我的想象
奶味儿的小小课程
带我攻读看见的深不可测
真有个时空能像块雨云压下来
隔开石头和石头沉甸甸的血缘吗
在熙熙攘攘的女孩子们中间
在缩小成星空的思念一刻
你走过　永不从我眼中消失

凝望汕大山脊上一棵马尾松

一棵树紧贴尽头　天边
设定你眼里
它的蓝　你的蓝

浸染岩石　翻阅沉甸甸的内脏
和泪　每根松针亮晶晶挑着
陡峭

它的早晨　你的早晨
绳梯垂挂到孩子们头上
醒来的树也在奋力攀爬

一个站进光中　美美焚烧的焦点

一个刺痛着提纯视野的自我

一个淬了火的此在

瘟疫实验室（选一）

抒情诗是不够的　虽然爱情
退无可退　诗漆黑如宿命

一个湖　张开光鲜明艳的口腔
含着小杨树的体温计　绿意又调浓
假的深渊　贴身抚弄的寂静中
婆娑的言辞拥吻婆娑的流逝
而流逝　无限拖欠一个命名

我们衰老　总不够衰老
我们年轻　总不够年轻

湖等在这儿　一块粼粼晃动的石头
等到脚步　放慢　蹒跚　依偎进阴影
一声刚刚成形的叹息从几千年前
滑下来　你的或我的？挤坐的外太空
初恋似地爆炸　沁透　听清人生多么相似

不再哀悼和追忆　一首诗才结晶
又冷又亮的指尖　剥开
古莲子内心的苦涩

水底醒着　与才华无关　与奇迹无关
无望的历史在小瘟疫间波动
每个人得老一次　熟透一次　坐下
被自己小小的古往今来摇荡一会儿
不止湖　不止海　古莲子用泥泞
暗暗活与爱　诗稳稳植入命定

泄露没顶的呼救

一只名叫“希望”的瓮

恶压下来　琥珀一天天陷进一把灰

我们彼此用磷光　认出碎

同一次碎　背靠冷冷粗糙的器皿

等在这里　贴近　吮着厄运

捣烂的一生填入词：　希望

今夜　天空是一只瓮

一只手按下倒放键　噩耗的回声

搓捻光　我　一只螳螂瞪视自己

张牙舞爪的　亮晶晶的末日

盈满的腐烂照耀虚词： 希望

血肉的漏斗　什么也没改变
水声潺潺的漏斗　长叹
顺流而下　灰烬的万重山呛进哑默
一截枯骨刮掉名字　一种惨白里无人活过

空无的脚猛踢铁门： 希望

我怕光　我汇入光　螳螂
一千万年纹丝不动　绿　冻僵
挣脱之梦　一种鲜活雕琢不在
琥珀紧抱　死透的时刻不得不在

涌入毕生坚持的假： 希望

最孤单的词分泌成复数
一个人走失无数次　所有人的空书
焚过藏过　那只瓮饮尽苦酒
嘴唇上磷光闪闪　粘着溢出的诅咒

恰如沉沦完美无缺： 希望

杨炼（李亚男摄影）

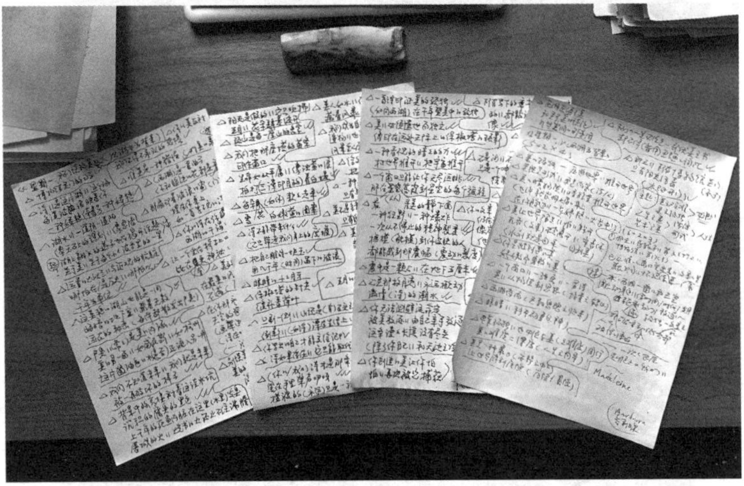

作者诗作手抄体展示（作者提供）

根

——对一件艺术品的人生反思

一

这是命吗？被刨出　裸露　暴晒　烤干
铸成铁　日夜低吼的铁

皱褶反向流动　掉出身躯的
骨骼　攥紧看不见的肉体

起点奇形怪状　那五指向下拉你
跟踪青铜编钟紧贴死者的嗡嗡作响

从地下凿刻到地上　木头阴唇
继续开裂　木头子宫口鬼魂逡巡

终点奇形怪状　回头才看见
假的季节　假的花瓣

假轮回　木头指尖上挑着一点绿
站得够高才认出　毁灭从来只有一次

这些器官　这堆肉红生锈的石块
掰开虚空　嵌进虚空

手按嗡嗡的钟声　你的宿命
在此　沉入一朵死亡的奇花

根　把四面八方的坍塌声录制在身上
没有创世纪　你的末日

在此　披上一百万件金色救生衣
仰面朝天倒进永不到底的海底

二

触摸自己就知道　根在你身上
房间是森林　一棵棵死树
都在说　疼是一种奢侈
无边无际的展厅吊在天空的钩子上
木头涨潮　拍打　爱上疼是一种能力
身边荡漾的蓝也复述着一个呛死你的窟窿
根在你身上　而你干透的性欲
从一堵墙到另一堵墙修饰大海的雕花
哪儿都是尽头　溺死者在尽头之间
奇形怪状地漂流　一个起点锁定了结束
一个终点又从空空的内脏里掏出开始
躺在海底那人躺进每只鸟巢的水平线
再死一次岸依然不在　你无须寻找
黑　呼救的木纹那唯一的流向
拆解的血肉　一百万把明亮的锯子追猎鸟声
树疤和咽喉　自渎的肿痛含着野火
一截枯骨上　故乡在哪里？
失去再失去　耻辱有什么意义？
你搂住漏掉那唯一的历史　空的海徒涌波涛
空的房间　更空才接住一个人影

落叶似地无尽飘下　死者的象形文字
书写一次就发明一次
发明　就淹没进一动不动的悔恨
根无须寻找　这海底来找你
木头漩涡安置刺痛视野的人的水深
干透的美学龇着牙繁衍　你荒芜的同类
鱼贯步入同一片盐渍　白花花逼近唇边
嗅着没有时间能修改的香
这是命吗？你正毁灭成一首诗

第二辑

组诗

作者在自己手抄的诗作前（作者提供）

鹤　乡[1]

——一首巴兹朵夫之诗

一

鹤在哪里？当石阶　小径　草坡
一路向下　摸索进午夜也被午夜摸索着
浸透了寂静也被寂静浸透着
湖微微反光　天空幽幽漾开磷光
树林是位阴影大师　拢着护着小小的
木亭子　某条鹤颈慢慢吐出一点烛火
每一夜勾勒桌上一只空瓶子的轮廓

① 巴兹朵夫：柏林乡间小村，作者的德国好友 Cornelie von Bismarck 有寓所在此。这里地处鹤群迁徙途中，从早到晚，鹤鸣不断。——作者注

每一夜都像今夜　摆满长寿　苗条
精美雕琢的造物

人在哪里？酒杯中炽热的琥珀色
浓缩了太空信息　濡湿倾听的风景
小柳树的剪影倚着银波粼粼的屏风
羞涩地更衣　苇丛梦见一只小船返航
岸步入星光　睡莲雪白地盘在一只碗里
（一幅画总刚刚挂到墙上）　今夜
便是永夜　坐在鹤的身边也被鹤
删除至无边　空气中实体的静　突入
窗户　盲目行驶如桌角暗暗煽动的翅膀

就这样思念流逝也被流逝思念着
耽溺于此刻也洞开此刻的渊薮　小小的
木亭子　栖息在树林边　夜色边
有只鸟毁了的降落的形状　那黑颈
灰羽　掌舵的长腿　围绕一对查找的
眸子　侧身画出生命的圆弧
呼应这默想　写出凄清的叫声多难呵
一只鹤黑暗温暖的内脏　低低搂住世界

蹚过自己的腐叶　每个地点都是无尽的

二

我们从未离开灾难的家
这一次次逼我们起飞　逼我们降落之地

被蹂躏的袖珍宇宙架在木栈桥上
湖水折叠着光线和时间
一本翻开的书　无须多余的辞藻
和技巧　你站在那儿　安详的倒影
已被多少倒影打磨过　苇叶不再颤动
沙沙声只挽着思想颤动
这是濒临的时刻　我们的湖
一枚蔚蓝窸窣的落叶躺在无数落叶间
一次即将登船的出航陷进湖底否认的
航程间　木栈桥像把田野尽头的椅子
从未停止守望一头死鹿跃入云朵
空寂　印满沙地上的蹄迹

　　　　　　　　现在叫声来了
叫声　一声像水波　一声像树荫

含着空旷也被会哭诉的空旷含着
一张看不见的嘴　擎起万物的形象
叫到我们走去的道路森林就刚刚完成秋色
叫到一根朽木　它就等在雨中青苔累累
叫　墓碑东倒西歪　名字已还给石头
亡灵隐在鹤体内　像衣橱里小心翼翼收藏的
军服　蘑菇的红星　镶银的橡叶
(茨维塔耶娃正把《山之诗》装进信封
寄往细细血红的舌尖　她说　爱上不自由)①
一声接一声的铁栅　锁着大地　锁着旅程
谁也不曾逝去　历史的鸟儿
历数拥挤和虚无

现在他来了

湖在那边　旷野在这边
一条沙石路在脚下　路牌指向
虚拟的尽头　一股风卷起他身上露水的气息
我们窥见一位老农搓着指缝间的泥土
一位渔夫蹚着水收网　“每个动作

---

①　爱上不自由，见《茨维塔耶娃文集·书信》。——作者注

都嵌在大地的乐谱里　每天是一片
你站在窗前看着它旋转飘落的叶子
金黄卷曲的忧伤　静静混入树根下拥抱的忧伤
由是　每一声鹤鸣都发自醒来的朋友”
既像清晨又像午后的光洒在他的衣袖上
蜂蜜色的尘埃也在漫步　擦过白杨
一幅画了又画的北方风景　“没有什么
不穿越黑暗而来　给你一个梦中做客的版本
无须独裁者　帮你拆解奴役的含义
迁徙的含义　抒情诗徒劳加演着哀号
你在你里面生长　新绿如羊齿草
怀揣沉甸甸的轮回　每一步踩着不可能
每一步就这样迈出”鹤鸣与脚步声
沉吟森林图书馆一代代借阅的语言
“大地的丰富教你什么是朴素
附身于苗垄似的诗篇　一种激情全力以赴
一种平稳全力以赴　琴键按下昼夜
无数死的地点成交一个永生的地点
我们要借助魔鬼吗？历史那心碎的自传
活成（而非写成）逃不脱的戏剧　我们的山

也变成灰色了　我们的浮士德还没爱过①

走在一行诗里　对应拒绝或忍受的一切

朴素不是结论　只是无边无际的优雅”

带着近乎羞涩的笑　鹤的姿影还原为一幅肖像

三

单簧管追上鹤颈　探入

房间和一页幽咽的乐谱

回声幻化成窗外的橡树

羽毛金黄　伴着那囚徒

一笔一笔为时间作曲②

写下末日　远超末日

卫兵的皮靴踢踏节拍器

终结　谁都得独奏一次

鸟瞰的灰烬　有袅袅轻烟

弱　才撼人心魄　天边

---

①　我们的山也变成灰色了，见《茨维塔耶娃文集·书信》。——作者注

②　法国作曲家梅西安，在二战集中营里创作了《时间终结四重奏》。—作者注

甜得发苦　围坐之蓝
仍等着自己噩梦的首演

鹤沉浸于此　这死地　这聆听
鹤翩翩来　无尽的亡命
浇铸宿命　最美的凄清
最懂得慨叹　沧桑之痛

没一只鹤　到处是鹤
音乐咀嚼空荡荡的暮色
一步一回头　多少哀歌
挤进这一首　仅有的一刻

像血淋淋的倒刺　钩进
铁摇篮里回家的孩子们
乡愁　跨时代押刑期的韵
鹤乡　焚一缕香　倚万重云

音符的大雪纷纷扬扬
终结早来过　冷艳的路上
终结还在到来　诗行
用温暖的腋窝搓碎了光

作者诗作手抄体展示（作者提供）

轮回· 灵骨塔

——给父亲，当病毒隔开世界

一

十二层楼上的窗口明亮而寂静
数着他的脉搏　数着他的呼吸
下午倾斜的影子里一束光也在散开
楼群的碑林　每一块一半输给黑暗
他的名字漂浮在沾染了金色尘埃的液体中
一滴滴滑落　听不见地摔碎成此刻
一张床上凌乱的海浪裹着体味儿
砸进我　两个世界并排躺在窗户两侧
虚设的一百年像一次招手　微微睁开双眼
万里外一只手机录下退潮时渐干的水渍

二

不能想象我的手没握着他的手　感到
体温在一点点撤回　藏入一处伤
隔开的春天仍是不能推迟的春天
喃喃的嘴唇里滚动着喉音　和窗外
铺陈到天塔的绿同样抽象　脆弱的遗言
支撑一个人等着不会出现的奇迹
他的书整齐列队　他的音乐集体肃静
环湖中路上的脚步还能走向哪里?
不能想象我的手没摸到时间慢慢还原
它本来的乌有　当一座塔锁紧浑身的窗户

三

一秒钟多么小　指尖仅拈住一枚减弱的心跳
一秒钟多么大　整个历史淬入它的锋利
我们没注意的这道陡坡　用一种苍白
越升越高　爬过一点一滴尿血的断崖
输着氧的一口喘息扼住坚硬的水
水扼住海　挣扎的艰难何曾分解过?
他枕在看不见的刃上　显形一次切削
每秒钟认证一次实名制的疼

勾画我的地平线　一扇窗口远远闪耀落日
搂住我的余晖无穷无尽

四

所有黑暗归纳成他房间里的一夜
那张床上　亲情味儿拥着我像年年
入梦的水仙　那个影子弯成温暖的凹陷
不大不小盛着我　这一刻的静谧
酿造万里风暴中的耳朵　这不睡
兑换一块老玉吟咏血沁的千年之醒
追着他窸窸窣窣　房间里的踱步也能无尽
一缕香　携着翠绿熏香窗外的严寒
让我把毕生虚空安顿进这回不去的
越长越好的幻觉　避开白昼逼近的咳嗽

五

窗口铸着一片抽象的　永远的灯火
窗口　提示封条的黑　同类之黑
不准靠近是唯一的现实　星空经过他
再经过我　同一个日子拧开又关上
却不会改变　光年的忽略

恰如墙角一块遮补破洞的粉红色塑料布
有一种优雅　他坐起来只为看看暮色
和不存在的我　楼梯上又一次小小挥别
沉静的爱和沉静的放弃同样优雅
十二层楼上的塔在寂寞的开花

六

一个人是一座灵骨塔
一个人以九十八岁的疾走追上自己的慢
摆在窗台上的最后的远足　总刚刚
启程　看一秒钟晶莹地挂在瓶口
颤抖　滴落　九十八个春天微微海啸
他身体里储存的周年都以一秒为刻度
秒表掐着他　像黑暗的旋梯叼着他
踩稳每一步　没别的毁灭除了自己的血肉
降下去　溅起的霞光夹在无边的书页间
一个人一动不动追上乖乖返回的世界

七

病毒和历史都推我　远离
我的抵达　从一只手机的屏幕看他

也在看有毒的空气　死亡的哨子
朝杜甫吆喝　挤不进病房的肺白茫茫上路
而灰烬堆在一起　捏塑黄白色的器官
无须告别　无休止地告别
隔着一块封死的玻璃　火舌　舔食
臆想的终结　电视上大红大绿的回顾频道
随时掉头　再烂入大流行的新闻
不会过去的噩耗　不惋惜我活成鬼魂

八

黑牛城道　环湖中路　快速路　友谊商城
鱼贯浮起海底的嶙峋　霓虹广告
充电的鱼眼　瞪着谁谁就是一汪夜色
幽幽荡漾　他的窗口重叠我的窗口
哪个窗口不是一只镜头　摆拍
间隔一刹那的死后　这片无限近的春绿
也无限远　镶嵌进一百年　抹杀掉一百年
这只老狗厌倦的眼睛懒懒含着磷火
不屑为受宠的假抬起　我们死死抓住
一股从来只剥出空白的狂风

九

过去与未来的双重乌有夹着玻璃
他和我的目光相撞　折断　透明的
不在　从十二层楼上无尽跌落
一滴噙在眼角的泪是我从未见过的
一只手　穿透一次抚拍幻化成
最深的梦　生平一次艰难的飞吻
抗议着所有距离　屈从于最后的距离
一只只器官倒退着打开零数据的风景
通约两边都白白落空的眺望
每个人静静碎着自己的碎

十

每个人在自己的塔里呼救　万里外
水渍在沙滩上　写着回家　写着希望
未完成的春天慢慢渗漏　绿色的断壁残垣
在漆黑的树身间调浓一寸寸远去
一首乐曲不是辞的炫耀　它直接歌唱疼
每一行对应着不可能　爱上那不可能
一句石器时代的留言　劈开手机里的消失
十二层楼上的窗口明亮而寂静

韩退之中元节，或从四面八方坍塌到我们头上的时光

一

这里是潮州　退之退之　还能
退到哪里？你的脚边　大海积雪
这道蓝关是跨不过去的　你的衰朽
祭祀鳄鱼就落进鳄鱼嘴里
路八千像根卷尺　用一颗心的直径
收起长安　秦岭　十二岁女儿垂死的抽咽
退之退之　再退也退不出切齿的一步
每间驿站屋檐下的冷雨　浓缩成大海
苦咸的一滴　这里是潮州　潮流往复
朝夕之间　三月跋涉　八月蹉跎

一生的墓志铭写了又写
一把瘴江边的枯骨　挨近大海才认出
死亡之美无限远　心之茫茫
能退到哪里？一条海平线的关隘
垂直升高　无缝的绝路恰如绝命
退至此地　潮州是终点　人生
逼仄如海鸥不得不跳的断崖
跳入公元八一九年家何在的一问
海浪的鳞皮　披着鳄鱼恋恋不舍的饥饿的绿
等着你的雪意　星谶　重重叠叠
追上一株寂静婆娑在无数毁灭中的白千层①
向下长成一座深渊

二

向下再向下　谪贬的石阶
被海浪溅湿　冷冰冰倾斜
吞吐的鬼魂把诗人迎接
进这首诗　今夜是中元节
吞吐的岁月埋在浪花间

---

①　白千层：一种潮汕地区常见的树种，因其白绿色外皮层叠褴褛、四散披挂而得名。——作者注

幽幽焚烧鬼火似的蓝
人形的纸灰忽明忽暗
诗　汲着血肉一点点丰满

你和我们　磨损到极致
是亲历一次隐秘的发育
九重葛像牌坊下黑艳的词
石板街湿漉漉擎出祭祀

两端都是过去　诗行肯定
鬼魂醒着　噩耗的眼睛
空茫瞪着空茫　从小山顶
眺望风雨飘洒的梦中梦

用心之玲珑　编大千的笼子
用死之幽幽抹平彼此
一千二百年　一次耽溺
青苔的　被害的　押韵的一侧

退无可退　这尸臭之美
细数潮满大江上的轮回

黑透的语法　拭着拭过的泪
一棵凤凰树锁定了文脉

一个喧嚣的　乌有的方向
坍塌打磨坍塌　海浪
砸碎海浪　漏下的时光
镌刻搂抱头颅的星光

中元节　鬼魂搂住鬼魂
俯瞰　被俯瞰　只一个古今
忍着将写下　早写下的眼神
晕眩的已知带我们沉沦

三

大海就像爱　铺开一大片阴影
不分前后　不分首尾　不分你我
仅剩下你我

蒙着兽皮蠢蠢移动
奇崛的装置　如四溢而只有一滴的日子
在潮州　《韩昌黎集》是一块边角磨亮的石板

你走过牌坊街　我走过牌坊街
鬼走过开元寺千年囤积的灰烬
抓起一把用乌有细细研磨的尽头
一只珊瑚钟不停拨回现在
石头走投无路　向内坍塌时
被自重压垮了　一枚空贝壳
剜出假盛唐的肉色

四面八方探出的铁钩子钩住你我
四面八方的死　钩住经典的含义
制作一只内脏那么完美的艺术

在潮州　十二个月的路口翻炒着栗子香
十二个月的海鲜桌上啐满了骸骨
你的沉吟也在咀嚼　潜入水下　血里
坍塌声在茶盏底部变黑变浓
退之　我是你的鬼　而你早已是我的
一种无力向前也不能向后的废弃
与逻辑无关　与尸骨雪白的想象有关
被放逐进诗的死角了
每个人的辞　精准地镶嵌命运

沦为小小　明亮的天涯

四面八方的时光　退无可退
逼入我们内心那唯一的天涯

在潮州　领受一头动物死而复生的爱
鼓胀　波荡　四面八方吸饱阴影
沉沦的三段论　粉碎的三段论
拍打进此刻　历史的命摸不到形状
人生的命徒留慨叹
语言的命是一次抽搐
喘息在皮肤下　一场台风也像伪造的雕花
戳疼从未被说出的　一种汹涌淹没你我
催生诗句的性欲　从海底潜望
千年在前　千年在后　蠕动的相思
一杯饮不尽的苦酒

巨浪　长出血淋淋的牛骨　哞哞叫的祭品
都回来

杨炼（李亚男摄影）

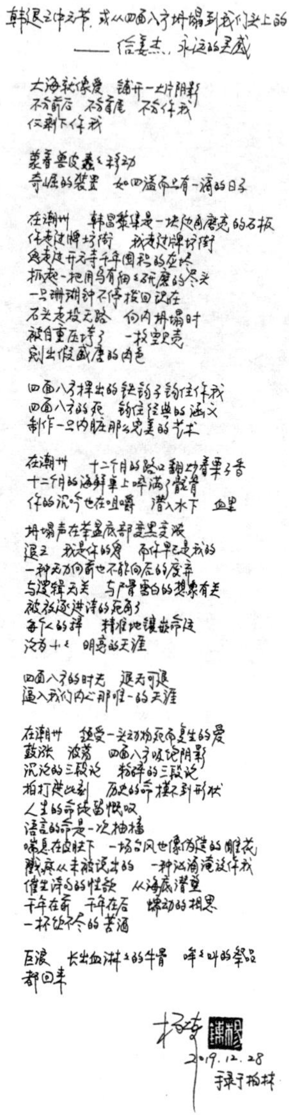
韩退之中元节，或从四面八方坍塌到我们头上的时光
——给姜杰、永远的灵感

大海就像爱　铺开一大片阴影
不分前后　不分首尾　不分你我
仅剩下你我

蒙着兽皮慢慢移动
奇崛的装置　如四溢而只有一滴的日子

在潮州　韩昌黎集是一块被雨磨亮的石板
你走过牌坊街　我走过牌坊街
鬼走过开元寺千年囤积的座钟
抓起一把用乌有细细研磨的尽头
一只珊瑚钟不停拨回现在
石头走投无路　向内坍塌时
被自重压垮了　一枚空贝壳
剥出假威严的肉色

四面八方探出的铁钩子钩住你我
四面八方的死　钩住经典的涵义
制作一只内脏那么完美的艺术

在潮州　十二个月的路口翻动着果子香
十二个月的海鲜桌上堆满了骸骨
你的沉吟也在咀嚼　潜入水下　血里

坍塌声在茶盏底部变黑变浓
退之　我是你的身　而你早已是我的
一种无方向前也不能向后的废弃
与逻辑无关　与尸骨雪白的想象有关
被放逐进诗的死角了
每个人的碑　精准地镶嵌命运
沦为十里　明亮的天涯

四面八方的时光　退无可退
逼入我们内心那唯一的天涯

在潮州　领受一头动物死而复生的爱
鼓涨　波荡　四面八方吸纳阴影
沉沦的三段论　粉碎的三段论
拍打进此刻　历史的命摸不到形状
人生的命运留慨叹
语言的命是一次抽搐
喘息在皮肤下　一场台风也像伪造的雕花
觑我从未被说出的　一种汹涌淹没你我
催生诗句的性欲　从海底潜望
千年在前　千年在后　蠕动的相思
一杯饮不尽的苦酒

巨浪　长出血淋淋的牛骨　哞哞叫的祭品
都回来

杨克
2019.12.28
手录于榕林

《韩退之中元节，或从四面八方坍塌到我们头上的时光》手抄体（作者提供）

高福里中元节，或上海背影之歌[①]

一

长乐路黢黑寂静像只死蝴蝶的翅膀
梧桐树张开五指　水银路灯模仿着雾
梦的旧水管在滴漏

我走　啤酒罐是导航仪　瑞金一路的炎热

---

① 我母亲出生并成长于上海，她家故居在瑞金一路和长乐路交叉处的高福里第三排52号。2017年，我首次前往寻访时，恰逢中元节之夜，后又多次探访，并与从我姥爷手中买下此屋的张先生之子相遇。这首诗即基于这些经验。诗中提到的史东山、徐迟，都是我的舅姥爷。前者是我亲姥姥之弟，中国著名电影导演，1955年自杀；后者是我没有血缘关系的舅姥爷（我姥爷后娶之妻的弟弟），但他与我交往甚多，更为亲密，“分裂的人格”一语，即是1980年代徐迟与我交谈中的自我叹息。徐迟于1996年跳楼自杀。诗中提到的爱丁堡公寓，是张爱玲在上海的故居，而洛杉矶则是张爱玲1995年孤寂离世之地。

迷失成全世界的炎热

路边　阴影中一个女声
“侬寻啥宁?”

二

午夜的时针卡进之前之后双重的茫然
我的肩膀卡进两个日子的黑
从御花园出来　霓虹卸了妆　变色的
人脸　挂在江风看不见的钉子上
我飘来飘去的异国游荡到这个门口
高福里　陌生的铁栅栏照样为儿子敞开

三

51号或52号? 一扇窗户掉出
隐匿的世界　一条弄堂引我至此
驻足在墙外　眺望你的背影
隔着邻居们的死寂像隔着铸铁的窗棂
　　　　　　　　我的黑暗继续锻打
一个娇艳的轮廓　一个少女怀揣

小子宫　还骑在自行车上飞着远去
窗户另一侧永远熄灭的灯火中
高福里转身　大上海转身　（舅舅说）
麒麟童住第一排　嗓音吊着朵沙哑的云
大世界在第四排　经理姓丁　手揿电钮
觑着第三排后门发呆　李大深　我的姥爷
你的父亲　背影领着背影　消失进房间
梦工厂　啥辰光？一条报废的地平线！

窗口明信片写满时间的暗语
我看见你站在窗前　我看不见你站在窗前
我看着反方向　捆成一团的旧电线
仍嗡鸣追赶一条荡漾青春的花裙子
姆妈　你不看我　窗户妖娆地倚着虚无

四

上海博物馆　一座灯光的地下园林
玉琮瓶装新天地　晃动晚了几千年的血沁
被剥制的眼珠散落在周围
落日和内裤　摇荡风中空空的身体
小刷子刷出座刚出土的电影院

昼　只是夜喃喃要的名字

五

高福里　我自己的考古遗址
乡音是你的　黑暗是我的
姆妈开口说话　就变成另一个人
吾么讲　侬是哪能寻到格额地方额?
托梦　也是反向的　从一个人
踅回一个鬼魂　傍晚恍若虚构的逆光中
紧挨一座锈迹斑斑的锁死的小铁门
一阵钢琴声也有背影　嵌进墙缝里
一抹青苔静静长入儿子照相册上
钢笔字的娟秀　每一页是戏中戏
翻过　黄脸的滹沱河日夜敲着梆子
河堤上你挽着儿子　挽着包　微笑
不失圣约翰大学改造不了的优雅
儿子的诗也是你分娩的　高福里
转身埋进不分青红皂白的北风
捡回的“家”　一砖一瓦压弯五十岁的佝偻
可心跳　呼吸捡不回来　黎明的水泥地
摔出一副金丝眼镜无边的缺口

1976 年 1 月 7 日　冬天的心

梗在绝对零度

空气是道转门　张先生走来

一袭蓝衣飘过弄堂　红运动鞋踩着火苗

停在 52 号门前："侬寻李大深？

这院子里我最知道他，李大深把格额房子

卖给了我爸爸。"

　　　　　　　　　诧异的闪光拉近背影

七十年　在他嘴里像昨天

不存在的小男孩　不可能牵过姆妈的手

却来自神话　四只眼睛的造字者

把世界讲成影子的故事　影子线条

结影子的网："这上去三层有　大客厅

餐厅　卧室　孩子们住顶楼（姆妈在床上!）

用人住亭子间　对了　你姥爷的家具

存放过我家好多年。"

　　　　　　　　　　　字抹去时间　留下诗

再造影子们的生命："这里两扇雕花大门

大炼钢铁时拆走了　我们从此只走后门。"

李大深也死在后门洞那么漆黑憋屈的小屋里

北京大杂院　满是煤渣和标语

造字者　造出史东山的史　徐迟的徐

雕花大门进出的英俊鬼魂

激情杜撰自我毁灭的历史

　　　　　　　　“分裂的人格”再分裂一次

死亡的亲　给我们合影

手拉手的发小　和国度一起长大

六

御花园让我借宿　让我出游

采花的鬼魂从花蕊到花蕊　寻觅

香的出处　用一张脸邂逅一朵花

双倍的娇艳酿同一滴致命的蜜

浸湿的舌尖上　一夜总更加淋漓

依额嗓音一直在响　来呀　花我吧

姆妈的室内　剖腹产般繁衍出室外

爱丁堡公寓很近　金茂大厦很近

鬼火烛照重重色戒里清冷蜷缩的

孤独　高福里在洛杉矶？或任何地方？

或哪儿都不在　御花园的影子
越幽暗越甜蜜　永远裸着背对世界
等我来　像个节日　像个器官
香着　鬼魂白白浓浓着的水龙说喷
就喷　鬼魂能老吗？花瓣死无数次

仍抱着一个婴儿　姆妈　你用我轮回
最黑的夜总是昨夜　最黑的窗口
总是一首诗　掉出失落无处的家
回哪儿去？我们就在这儿　肩并肩
隐着　听满城车声隆隆驶过伤口

一幢灰色洋房漂在海上　也像个
过节的女孩儿　脱不下妙龄
花蕊努努地　一直谈论着美
苦味的灰烬仍在儿子脚边烫烫飘落
姆妈　昨夜我梦见了你　昨夜无穷无尽

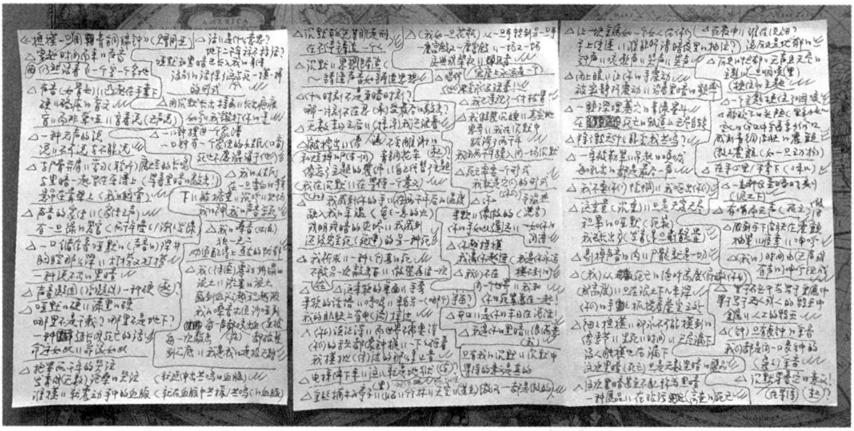

作者诗作手抄体展示（作者提供）

大夫，我是你身边一滴水

一

大夫，我是你身边一滴水
石块还抱在怀里　鱼腹换了又换
江上的风总有寒意　而一滴水的落叶
无尽辗转　飘下　紧紧依偎
一个仍喃喃沉吟的形体　我们的相思
穿透了彼此　一抹用不完的暮色
早已冲决堤岸　大夫　水上水下
你还走着　潜望一世界的浑浊幽暗
贴近起伏　涟漪中一滴水再不会溺死
我听见我们荷花盖顶的斗室回声四起

二

大夫　一滴水是你我共用的辞典
在汨罗　感到你慢慢冷透的器官
两千三百年　还在向我们张开
你佩过的兰蕙已融入一条河的体味儿
你独坐的幽篁　深埋进朵朵浪花
溆浦的远山那幢幢鬼影　像一声长叹
步步逼近　赤豹也追不上西去的桂花香
一个死阴阴浸湿一百万种末日的联系
哦大夫　哪个此地不是远方？一滴水
垂直凿穿你和我们共同的内心

三

大夫　流淌的幽灵流淌着梦呓
在汨罗　祖屋的木缝　火塘日日端午
水围拢你　水流进你　故国
何曾忘你　洞庭波声声复述你的楚语
南浦北浦目送同一位美人徘徊
谁教你抉择流亡一词咬定自古皆然的前世
且完成今之祭祀？大夫　秭归已没
郢都的碎玉坠入你从容赴死的滔滔辞令

每天一个仪式　拥挤的祖屋越沉越深
一条河向下守着所有诗的起源

四

大夫　我是你身边一滴水
小小的　心形的　斟满你不停刷新的命运
一个抹掉生卒年月的人只能像鬼魂
用每滴水再活一次　荡漾一次
我的海边紧挨你的泽畔　湿漉漉的笔迹
从来是足迹　一片茫茫　踩下就是空的
而我们踩了又踩　问了又问
大夫　没有答案的仍是你那一脸憔悴
一只鹭鸶啄起一个孤独的长句　冷酷地
一抖　忍住的柔情继续漏下鱼鳞白的名字

五

大夫　一滴水繁衍一条吞噬的河
它正收紧腰肢　呛进我们肺里的化学
有你不能原谅的鱼腥　我们的水泥河岸
像棺盖　钉死了你踽踽蹚过的小径
你亲近的芳草　你的华章　领着我的

唯一书写下早知道的归宿

大夫　没人认出河底泛起的缕缕血丝

又怎样呢？两千三百年已这样过了

两千三百年还将坍塌到我们头上

无数祭文张牙舞爪　扑击河底铸铁的寂寞

六

大夫　满满的江潮灌注今夜

什么也不等　因为所有时间已汇聚于此

什么也不奢望　因为你一个春夜的

恼怒　已签署了我们的每个春夜

什么也不能改变诗人呛炸的肺

奖给一千个乱世　这行涉不过江的诗

必是最后一行　大夫　你刚刚写下的

一个退无可退的绝地　让我抱紧沙子的

刺痛　你影子的断崖细数古老的一跳

这行诗就是我的汨罗江

七

大夫　我是你身边一滴水

听着那天你喃喃自语：“就是这儿。”

汨罗　你为我们选中的故乡
无须诞生在这里　必须返回到这里
衔接一个吟咏的灵魂　这水草间的乡音
谁漂泊就是谁的　这一口口呕出的韵律
晾晒血里的盐　老冉冉之将至的天边
只待一问　就新如一页手稿　飘落
蛰疼的细雨　大夫　你的爱盯视我们滋长
带着泥泞和毛茸茸的嫩绿

八

大夫　一滴水的洁癖迎向你
裸露字里行间　一个没有时态的漩涡
旋转一个不计消失的形式　大夫
你在我里面　而我躺进你的呜咽
透明的波涛过滤无数生死　给时间剩下
我们唯一的生死　一首诗的一夜
从不要求更多　你乌有的墓碑和我的泅渡
同样湍急　一滴水里狂暴和静谧
同样黑暗　已矣哉　一声轻叹无始无终
再没有什么能溢出这同一首诗

九

大夫　水底冷吗？诗那么冷吗？
可司马迁读懂了　奥维德读懂了
你不认识的黑海拍打进汨罗
最古老的石头水槽里奔涌过一行接一行的
远眺　大夫　你的灵在水中　你的水
一滴就足够让我们航行　毕生意味着
无限远的脚下　杜甫读懂了　但丁读懂了
这条风波之路是唯一的路
这最热烈的孤独　搂住所有海岸
每一枚被捞起的明月　荧荧照着你再生

十

大夫　我是你身边一滴水
我能用什么语言纪念你？
或无言　只一朵浪花　刚刚形成在心里
荷花盖顶的斗室　回声四起的斗室
幽思绵绵恰如相思　从未离别的诗意
从不哭诉乡愁　大夫　你俯下的呼吸
浸进汨罗这一排轻浪　一个美的天文学
水面愈漆黑　血肉间愈亮起你的光

让我们习惯苦苦香香的想念

一滴水追上亡魂　看着自己成为神话

附录（应《草堂》杂志之邀而作）

这行诗就是我的汨罗江

汨罗江有多深？那几乎等于在问：屈原的诗有多深？或言之，汉语诗歌能抵达什么深度？2019 年 11 月之前，我从未去过汨罗江，但同时，我漫游世界时，又感到从未离开过汨罗江，谁在心里沉吟《天问》的句子：“曰邃古之初，谁传道之？上下未形，何由考之？……”他就还原为诗人古往今来最根本的形象：一个提问者。从 2300 年前屈原踽踽独行的泽畔，到我们今天分分钟就能飞抵的万里之外，哪有一个现实的距离，能超出诗人内心的疆域？同样，只要提问的能源在，诗歌创作又怎么可能匮乏？我从不在意围着诗歌绕圈子的废话，例如题材应该宏大与否之类，诗可大可小，但绝不会肤浅藐小。尤其汉语诗歌，从古到今，整个就是我们历史命运的载体，它先天注定的宏大深邃，不随其他语境的时髦理论而改变。我明确说：我以此为荣。这条汨罗江，浩浩汤汤，无涯无岸，既含括沧桑变幻，更审视每滴水的清浊。当我说，把每首诗当作最后一首来写，在每个字上绝地反击，我在说屈原？杜甫？杨炼？抑或我们本来就是同一回事？我想到的是楚国亡国之恨？我自己经历的“文革”？抑或当下肆虐的病毒？人性的困境，万变又不变，把我们不停逼至同一条江边，让我认清，这行诗就是我的汨罗江，它横亘面前，岂止是最后的？那根本就是绝命的！盯着它，大夫的抉择仍是我们唯一的抉择——诗人，再次决绝一跳！

你不认识雪的颜色

——和尚扬先生《剩水图》

一，你不认识

　　　　　　　　白绫抛起
亡灵眼中一枚刚刚排版的雪花
印制　山的皱折　河的皱折

人的皱折　风长山龟尾　家咽下龟刺
水令你穴居

比老屋的屋脊高
　　　比巫山祖坟上一根蒿草松脆
　　　　　　　比神女空茫的眺望更无望

白绫般漫过你头顶的水啊

一杯暮色的苦茶　一朵含铅的云

　　　　　　尽头堆积在这里

一块岩石的肺　呛山千瓦表上汪着的血泊

　　　　　　咳嗽声开凿这里

淤塞的风景每天更大

　　　　　粘在鞋底　这里　回头就再死一次

看　哪个漩涡的浑浊盲眼

不在孵化一只用咒语发电的黑蝙蝠?

　　　一条大河穿戴亮晶晶的灯火

　　　下葬一次是看得见的

　　　一条大河渗漏进被远远迁走的眼眶

　　　粉身碎骨无数次是看不见的

你来自扁担村　竹子内侧长山名字

竹子的手机号码　拨打到底

你不认识的无声已灌满江涛声

你不认识的长长的石阶　零距离拍打进浊浪

反过来走完没有重量的你
你来自铁管村　生锈的四季
录制秭归脚边窜起的黑蛇　楚王　桃花
杜鹃村　江陵村　一日还且日日还
一叶扁舟泊进滚滚来的垂死呜咽
斜斜倚着万重山　垂直抛弃万重山
水说　谁不认识三闾大夫?

溺毙的世界
谁不是三闾大夫?
大坝耸起　闸门落下
归不得的奈何桥啊　回头一望
是混凝土的　砍倒的果树卸下不繁殖的香
是混凝土的　哭找窝巢的燕子　归不得
亦行不得　撕捋山的皮肤
晚霞和孩子彼此嚼着变黑变苦
混凝土　河淹死在河里
月亮的死龟弯弯漂过

太硬的词　倒映即呕吐
流淌的内脏中

星际那么深的断壁残垣

被切断的是一颗心
被捣毁的是抽出无尽纤绳的父亲的肉
被电压卷走的是赝品的哀歌
俯瞰万丈悬崖的奈何桥啊

白绫　嶙峋的高度
轻飘飘覆盖　总能更加腥臭的河底

你来自噩梦村　一度电兑换一度人性
你来自野鬼村　不认识的水位
提升毁火的价位　（地狱银行有水压提款机）
闸门闸住的生命扑向死亡溢洪道
水　轮回多少次
才够染黑你成今天这一滴
剩下　你不认识的污浊　你里面轰鸣的污浊
剩下　八千里路云和月　（不是古代）
鱼肠村　离骚村　老人鼓等到史东山　徐迟
“噗”的坠地声　白绫按落二十七周年的云头
押雷仙人赴阎罗村

一条大河追上击倒哭喊的电

下葬一次是看得见的
粉身碎骨无数次是看不见的

站上这行字就回到周年
当尽头的水深一涨再涨
打捞七个山头就留住周年
当万重山沉在内心的水下
踟蹰　开裂　坍塌
湿漉漉万重人形
被你不认识的　里面的液体泡着
泡烂　搬迁不山的走投无路
不知是谁的周年只能永远过不去
写至尽头写进这祭祀
一条白绫命定的落点　只能不偏不倚
砸中大坝墓碑下的浩渺

万重山是一重山　一重山
是一块斑驳的画布
看不见地铺开

撕下

只剩下

水的孤独

二， 雪的颜色

一滴水赋予一间画室无边的雪意
哪怕窗外是六月　蝉声扎你
如杀声　播放空中一种异样
哪怕一座埋头玩手机的城市
已习惯周年的炎热　忘了那炎热
万重山从来只隔一层薄薄的皮肤
茫然站成江岸　一条雪的壕沟
一笔一笔掘进粘着碎肉的地址
北京或柏林　雪花擎着六棱形的
弹片　飘落的空间裸山自己

一幅画继续飘落　一种涂抹
山显山原形　一步一回头　跋涉
深陷在跋涉里　言说掏空言说
惊恐的形状　印制进鸟飞绝就成了
一生的形状　沥青的亘古大雪

悬在钓钩上　万吨哑默如一课
街道再换也是一页湿漉漉的乐谱
血或泥　演奏哭不出的音色
毁火哪儿有形状？疼痛的无色
潜入一首无边无际的　梗在心里的哀歌

唱　一根斜斜牵着亡灵的雪线
唱　一块破布撕下的空濛间
瀑布推开倾泻的窗口　扔山的家园
扔给钉子　水流数着它一分一秒衰老
唱　一刹那抵达的厌倦
没有人　岩石锁死的器官只妄想人
曾在这儿　铁锈像丛菊花种在门边
一缕香　蜇着背影　蜇着时间
一间画室从这堵墙到那堵墙储存的忧郁
是一个大海　抿着每滴水的咸

海之魂　好近

推门就是童年　母亲停不住的眼神
停在燕山下或长江边　有什么区别？
摇着你长大的谁知是哪一阵呻吟？
北京酷暑　发育成柏林冷雨瑟缩的嗓音

旋入楼下同一个漩涡
候鸟虚拟着乡愁　依旧在归来
一只鹭鸶啄起此刻　永不能归来的命运
是尖的　挑着残月和轰炸
漏下又一天的云

亡灵　用一枚雪花聚焦目光
飘啊　流浪没有最远点　多少海洋
围着一盏移过无数窗前的路灯
眺望压坠雪花的重量
正成为最远点　亡灵背井离乡的终点
一遍遍死在肉里　会构图的血
漫天飞舞时　一条大河流不尽的苍茫
　　　　　　　汇入一颗心的苍茫
飘啊　再一个轮回
人　仍在退潮　砸深海底那处伤

画布上一次刮擦　海底添一块乌青
你沉入水下的眼睛
不放弃疼　七个山头叹山七重故乡的空
不原谅消失　一行诗中　坟怀着宿命
穴居之水定义若此　每个季节的你

对酌一杯没有季节的苦酒　一碰
世界就醉了　故乡空空炫耀死鱼们的风景
还乡之诗定义若此
你从未离开　六月的白绫停在清明
蝉声定义了刺痛的美学

　　　　　你抛起白绫的日子
大雪纷纷　雪　舔着自己的死
在空中翻转　凝定　背着光
镜头的泪眼一刹那瞥见太多相思
　　　　　　　　你聆听长江的日子
水织的白绫　没有端午色　中秋色
黑的内侧　翻山鬼魂的抽泣
　　　　　　　　　你想象柏林街头的日子
小提琴揉至乐曲最伤处　一支
抽紧历史　你熟知层层叠叠的血迹

像熟知你的母语　被一幅画
刚刚发明的　毁了的母亲守着毁了的家
洇开的奶有雾霾色　浸透你的
啜饮　孩子们定居进引爆的肺
雪中一间画室无限大

哪怕水突然站直打一个腐烂恶臭的招呼

哪怕祭祀已沉寂　浪花和雪花

亲吻鬼魂逆时空的活

一次　被缔造的石头一动不动摸到源头

无数次　绿色的家谱遗失进一首史诗

你这首　剩水图这首

水的孤独　人的孤独　宇宙

拢着一点小小的突兀　剩下

没人能看见的颜色　死后疯长的无色

　　　　　　　　　一枚雪花已足够

提示一块水中墓地　谁家菜园在噩耗中成熟

喊叫　我们认识这世界吗?

一抹白绫平滑　荡漾　我们来过这世界吗?

多年后　水退走

它是新的　裹着我们的虚无

杨炼与妻子友友、特朗斯特罗默夫人莫妮卡在一起
（李亚男摄影）

挽　诗[①]

"我的音乐都是墓碑"

——肖斯塔科维奇

一　哀歌：慢板

而墓碑后边空无一人

而中提琴沙哑

持续　在收回

弦的厌倦

① 肖斯塔科维奇第十五号弦乐四重奏，创作于他去世七个月前，这首杰作的结构极为独特，由连续六个慢板组成，徐徐如一声长叹，留给世界一次、一篇遗言。此诗六部分的标题与长度，完全依循肖斯塔科维奇第十五号弦乐四重奏的结构，用一个中文的平行层次，哼唱同一首历史哀歌。——作者注

呜咽抿着消失

剩下一岁

早于音乐

晚于音乐

倾诉

不为倾听

小提琴

尽可能慢

尽可能晚点

老年的直白

单弦　单音

一只接一只器官

晾晒　死

和你保持的

单线联系

一岁　堆垒

一生的聋哑

压低卑微的星球

你坐下

玳瑁黑框眼镜

拢着

悲苦

摘不掉的世纪

越回溯越长

慨叹

暴烈地

袅袅

慢

自毁灭的笔尖析出

残存的主题

残存于

线之眺望

手　捂不住

鬼魂扑面而来

尸骸咀嚼

冷之坍塌

作曲死死照耀

声音向自身坍塌

薄薄嘴角内

大提琴轰鸣

你移近一块墓碑

你正成为墓碑

葬礼味儿

慢慢

删除

一代人　每代人

听觉

在墓碑同一边

一首并非真实的哀歌

凝　定

同一场废弃

多于音乐

少于音乐

慨叹

是无边的

二　小夜曲：　慢板

疾走的夜　刮擦柏林

眺望中的灯火

都被我们这首诗漏出

黑暗中车声绊着脚步　小公园

墙上嵌一轮满月　回旋的直径顶到尽头

刮擦之诗　激情之诗捧着只石珊瑚

看浑身窗户亮晶晶漏出海浪
小夜曲　每个音符戳疼终点
小小的夜　四面八方都在回顾
海底一次呼吸　剔出骸骨间隐匿的三亿年
一生的疾走比想象慢　我们的想象
比岩石慢　历史刮擦成粉末
一座城市演奏不尽变幻不尽　回旋
一只石珊瑚的冷抒情
不增不减的黑暗倒空自己
死　死于生　身边的风比任何一天更像
这阵风　凿刻的孔洞呜呜作响
更贴近一件雪白嶙峋的作品
被大海放弃　盯视每一步踩进弹坑
灯火的天边　轮轴载运曙光或晚霞
我们渐渐追上一只瓮掩埋的釉色
数着时间移出躯体
呕着一种反向的形成
手之苦味　浸进消失时哼唱
一首小夜曲那么短的小长诗

三　间奏曲：　慢板

龋齿下面那只泵
泵着一把小提琴的高音泥泞
回首　昨天与昨天连成一片
刺耳的是我　一块空白间隔开雨声
一个玩具时代把风暴关在外面
恰如把溃烂关进里面　剜掉
杜甫的落日　吻合一个玩具宇宙
再被骗一次就到了永生

四　夜曲：　慢板

　　　　　　全是没有时间的记忆
人脸的主题　人名的主题
夜色沉积成我们混淆的哀婉和凄美
夜曲不是音乐　城市流逝
又一分一秒被死去的朋友唤回
他们的刺日日在床上醒来
没有时间的疼　浸泡进洗掉双手的血水
　　　　　　全是被废除的爱
像花草　依偎睡不着的低音的绿
历史一万次醒在一次　听　青春假寐

肌肤假寐　毁灭不屑摘树上的叶子
只摘掉季节　诗行心跳　一扇太炫目的窗子
　　　　　　全是彼此模仿的噩耗
才彼此记住了　没别的夜除了水泥阴道里
一颗行星在滑动　没别的作曲家
除了金色的大爆炸　记住这同一场崩溃
每个早晨加强芳香的推力
向鸟头里的耻辱陨落　被耗尽的星期三
向眼底烂出的尘土陨落　哀婉不变　凄美不变
一个音符握住血水中软的手指
死去的朋友们揩净冤屈的胎记
　　　　　　全是　一个人的虚无

五　葬礼进行曲：极慢的慢板

——悼顾城

行进　诗要回到我们呜咽的国度
行进　柏林的霉烂驱赶北京的脚步
　　　母亲在地下张开的耳朵会搜寻
　　　远远托梦的母语　擎着肉的译文
　　　月光把爱的骨骼搭建在白纸上
　　　浅得经不住一柄拂尘

楼梯画进风声　虚拟摔下悬崖的一代人
门廊和空信箱迎送蝙蝠脸的黄昏
也像个广场　童年的水泥板齿痕累累
臆想着自己　掉出自己　狼皮擦抹一新
行进　石狮子盲眼把春色铐住
行进　暮色中　墓道追上电吉他的坡度
孩子软软的头是块礁石　海浪隐身
递给诗一把斧头　斧刃
劈入悔恨　燕子迁徙过吗　从未迁徙过吗
海底拨弦的死　放大住进心里的鬼魂
小鱼群拖拽暴风雨　松开暴风雨
历史的试管织一朵坏云
每天溅出血迹　哭喊来不及写出的字
钉子东倒西歪　砸进母亲移交的死讯
行进　我们就是路　一条无路
行进　不真实的开始锁定不真实的结束

六　结语

不真实的尾音里　我们真的
过去了　你找不到一块自己的墓碑
弦　挂着我那株碧绿的小树

尽可能慢地哭　太快坠入别人的身体
倒影倒映倒影
你眼镜片的水面搜集所有落叶
嘴巴的干水池　抿一首新的室内乐
（“剥出”一词多么迷人）
拨　布置到轮盘赌上的死和雪花
弦　断了就赢了 你回头看见我
又一代我
相似枪口妥帖消散的轻烟
什么都没留下　除了音乐之
茫茫　死者目光那么茫茫
墓碑透明
你在钉眼里走过　删掉的思想
逼我长肉　黎明的音箱被一把牙刷
震动　废墟说话　蓝图说话
脚步和档案夹的弹坑
绕着脊椎的轴　一颗颗城市的骰子自传成政治
音符一刹那泯灭　回头才看见
时间仅有一侧
（“永远”一词多么迷人）
允诺永不　揉啊　同一根弦上你在哀泣

我在哀泣　无情的末日贴近温柔

一株虎皮兰的金线

沿着音乐的死后生长

我噙着茫茫的泪　听自己长进石珊瑚

被吸尽　一首小长诗

无限轻 无限浊重

慨叹的地平线　提纯从指甲到颅骨的钙

拢住悲苦的星球

离开

一转身倒空所有名字

威尼斯哀歌[①]（节选）

威尼斯哀歌（二）

腐烂之诗

腐烂　托起这排石头大船

---

① 意大利威尼斯，号称“世界最美之城”，细查其起源，却又是一座“难民之城”，1500 余年前，迫于北方和东方蛮族压力，意大利陆地居民逃往一水之隔的潟湖地区，借海水保护自己，并逐渐发展出居留地，乃至后来称霸地中海数百年的威尼斯共和国。2017 年 6 月到 7 月，我和友友应威尼斯 Emily Harvey 基金会之邀，驻留这座“最美城市”一个月。每天徜徉于住所附近大石桥畔蜂拥的游客间，心中却充溢着逃难人群的慌乱哭声。想到 20 世纪大诗人庞德（Ezra Pound）、布罗斯基（Joseph Brodsky），生前政见绝然不同，死后却都选择葬在威尼斯墓地岛（Isola di San Michele），莫非心有灵犀，要继续逼视虚幻之美背后那古今如一的人性厄运？这个世界上，谁不是难民？谁没在精神上无家可归？本诗第五段，借 16 世纪威尼斯画派大画家丁托列托之口，叙述艺术/诗歌对世界的把握。他的绘画，组合米开朗琪罗的结构与提香的色彩，集中展示于威尼斯著名的圣洛科大会堂。为让观者能更好欣赏那些画在屋顶上的天顶画，大会堂提供镜子，让观者擎着，俯瞰镜中倒映的丁托列托杰作。这个“反的世界”，却比正面表述更契入了存在的本质。《威尼斯哀歌》组诗，最终完稿于 2017 年 7 月 14 日——又一个偶然中的必然。诗，直指我们自己的、世上无穷无尽的“哀歌之日”。——作者注

腐烂　托起你的脚步　我的脚步

沿着海军上将俯瞰水面的倾圮视线走
大理石的窗框　门楣满载雕花
天空的油彩　浸在桥栏下潮涨潮落
甲板上少女们眼睛亮晶晶的
从不怕挥别　起锚的诗　做梦的诗

我们穿行时间　像被钟声惊起的燕子

沿着水下倒立的腐烂森林走
一千年在继续打夯
一个暗黑浊臭的年轮擎着水波调色板
涂抹你的肖像　我的肖像
腐烂的肖像是看不见的　却像根
日日长出　戳疼大海乌青的伤口
淤泥淤积起珍珠和残骸
彩色玻璃的小提琴声里
一排死水手仍锁着奋力划桨

阳光灿烂的底舱

　　黄金　总色情得

　　　　比昨天更令人类晕眩

沿着不能回头的水的窄巷走

听水鸟鬼魂一样哈哈大笑

　　　　孩子一样哇哇大哭

腐烂的枝头绿浪摇曳

腐烂的鱼群嵌入墙脚银亮的贝壳

水位　爬上木桩　爬上石阶

像句咒语反锁一扇生锈的木门

像个崩坍　拉近漆黑月色中又一座阳台

惨白的骨架　人影晃动　水影晃动

幻象不是比喻

潜望的世纪追上自己的终点

你在此刻　我在此刻

后院小码头拴着肮脏流过的小河

我们肉里卸下的味儿　弥漫风中

飞狮空茫地盯着未来

威尼斯哀歌（三）

墓园之诗

小小的木头花园漂在红色屋瓦上
小小的木头的岛　驶向你们的岛

绿树弯下腰　护着
水　一块抹去生卒年月的墓碑

在威尼斯谁不想写情诗
当阁楼像个倒扣的船底磕碰着梦
当天空暗下来　鸟声向上倾泻
一本书翻开就是一块绿琥珀

当我的梦　梦见你们回不了家的梦

埋葬在威尼斯就像要把情诗一次写完
围坐岛上就不再离开呜咽的尽头
木头桌子旁　Ezra 满脸沟壑在加深沉默
Joseph 朗诵半途的咳嗽递给女诗人
一朵小云　没有误解　我们搂着抱怨
人生集中营　灯光太刺眼

海鸥的白十字钉牢在头顶扫描
一首诗把自己的海平线布置成近景
永无抵达　早已来过

红色屋瓦潮涌　日子潮涌
坠下墓穴的绳子　牵着鲜花和浪花
一波波情诗用伤口中刚滴下来的形象
不停打湿仍未说出的爱　爱上这泅渡
绿琥珀每刹那再黑一点
迎着你们的旗语

威尼斯哀歌（五）

反光：丁托列托的镜子

我　丁托列托
递给你们一面镜子
一个反的世界

擎着每个早晨小街上的油烟和喧嚷
擎着鱼市叹出的咸腥的风
窗口盛满五百年　一张草图
把一群海鸥训练成猛兽

你们的家庭反向滑出镏金的画框

一堵颜色斑驳的墙无所不在
一抹不停漂走的流水无所不在
我等着你们向下看见
倒影正奋力向上消失

这个早晨　一声狗吠踩疼
天使的翅尖　狭窄楼梯上再攀登一次
石头窗台外飘着花枝和内衣
邻居们的嗓音仍挂在被录制的高度
任我穿过　你们穿过　游客蜂拥
每个人擎着手机　屏幕两侧两个自我
手指虚构一瞬　鬼魂照片撒满存在
汇成不在　尾随抹去一个少女
一种美艳溶解进成千上万赝品的城市
走在镜子里　谁不信自己走在水上
照与被照　杀与被杀本无区别

唯一活着的是一片暗影
油　像夜色微微发亮

我一笔笔从你们皮肤下剥出暗影

光来自光年　或分泌于黑暗？
光无力穿透之处　黑暗构思一切
画框恰如镜框　你们俯身
看自己微笑　点头　嵌在金色大厅屋顶上
我　一次签署五百岁　一千五百岁
威尼斯的钟声又和你们同岁

敲着也是擎着　一个孩子的死
逃向集体的　不能跳船的活
威尼斯是块甲板　只能继续漂
定位的星座在微光和暗影之间
只是画的　叙利亚　巴格达　伦敦　无数
爆炸声中被粉碎的地平线
借用孩子蜷缩　冷却的轮廓
比人类大　当噩耗不停擎出下一个目的

当每只手拉直绞架的绳子
不在乎羞耻一词

这个早晨　哀歌远远漏下的
地址上　一个人快死了
一张床钉牢铁窗　重申松松咧开的嘴里
乌有的声音　一座医院铸着一副枯骨
重申对被剔净的感谢
暴晒的谎言细数剩下的分秒
更空的椅子　更无望地演绎着躯体
一个人衰竭成一顶寻找头颅的荆冠
一次刑期　在灰烬里延长至无限
预约一场入夜的　处决的大雷雨
拖拽　Rialto 桥畔泪水暴涨的世界

下个早晨
血泊干透
我空旷如新　如故
水的石棺封存早已入住的你们